Héritages

3

Mentions légales
La Baronne - Héritages, Vince Do

Couverture et mise en page : Vince Do / Liza
Source image : Vince Do / Liza
Crédit photo : Vince Do / Liza
Code ISBN : 9781699733752
Marque éditoriale : Independently published

Dépôt légal : Novembre 2019

La Baronne
Tome 2

Héritages

par
Vince Do

Révélations

Assise devant sa cheminée, la Baronne regardait les flammes vaciller et se berçait du doux crépitement des buches.

L'hiver était arrivé précocement cette année et le froid avait envahi tout son domaine.

Les récoltes avaient été bonnes et l'annonce d'un hiver long et rigoureux n'inquiétait presque personne.

Presque, car bien sûr, c'était la nature de Thybalt, le grand monnayeur de la Baronne.

Il était toujours inquiet, toujours pessimiste, même lorsque les caisses et les greniers remplis, il ne pouvait s'empêcher de penser qu'ils seraient toujours dans le besoin.

Béatrix l'avait prise à son service sur recommandation d'un de ses vassaux, et depuis, Thybalt s'occupait à merveille de l'argent du domaine.

La Baronne vidait les caisses sans compter, Thybalt se chargeait de les remplir, mais toujours avec ce souci de justesse. Il ne serait, de toute manière, pas rester longtemps à son poste s'il avait écrasé d'impôts et affamé le peuple.

La Baronne dépensait, mais elle était juste et son peuple passait bien avant sa fortune personnelle, qui d'ailleurs commençait à diminuer.

— Vous devriez songer à vous marier, Madame.

Thybalt avait raison, si elle voulait retrouver sa fortune, elle aurait dû retrouver un mari et redevenir ce qu'elle était avant son veuvage.

Elle n'avait guère envie de retourner dans l'ombre et surtout qu'on lui impose sa manière de vivre.

Elle était libre et elle comptait le rester.

— Je sais, mon cher. Je préférerais pourtant trouver une autre solution.

— Je n'en vois pas, Madame, à part envahir nos voisins, mais ce n'est pas possible.

— Tout est possible Thybalt, tout ! Mais ce n'est pas à cela que je pensais.

— Nous verrons. Dans quelques mois, quelques années.

— Si nous ne sommes pas morts de faim d'ici là.

— Oh Thybalt ! Arrête un peu, nous avons de quoi tenir un siège de presque une année.

— Oui, c'est vrai, Madame. Si vous le permettez, je vais me retirer, j'ai encore quelques affaires à finaliser avant cette nuit.

— Et bien, vas-y.

— Merci, Madame.

Béatrix le regarda partir. Elle se sentait seule et lasse ce soir.

Margaux et Erika étaient parties depuis une semaine au Palais de son Suzerain afin de régler quelques affaires courantes en son nom.

Roland était resté au Palais, veillant sur le manoir de la Baronne et vidant, comme à son habitude la réserve de bière et de vin.

Son plan élaboré pendant les fêtes de l'été et sa première rencontre avec la Jarld suivait son cours.

Elles s'étaient revues lors du passage de la Jarld au début de l'automne et celle-ci lui avait annoncé une grande nouvelle.

Elle portait un enfant, et s'en réjouissait, même si elle ignorait vraiment qui en était le père. Elle espérait avoir une fille et allait tout faire pour lui trouver de nouvelles terres.

Les deux femmes s'étaient écrit depuis, prenant des nouvelles l'une de l'autre, mais surtout de la grossesse de Gunnveig qui évitait tout long déplacement désormais.

Béatrix lui aurait bien rendu visite, mais elle avait eu des négociations tendues à mener avec quelques prétendants.

Elle avait pourtant promis à Gunnveig de venir la retrouver lorsqu'elle aurait accouché.

— Quelques mois encore à patienter et ensuite quelques années.

Elle pensait à voix haute et fut interrompue par Marie.

— Madame ?
— Oui, Marie ?
— Tout va bien ?
— Oui, pourquoi ?
— Vous me sembliez pensive et soucieuse.
— Je pensais à Gunnveig et Roland
— Ils vous manquent ?
— Bien sûr, ils ne te manquent pas ?
— Si Madame, bien sûr.
— Et que me voulais-tu ?
— Je venais vous informer que vous aviez de la visite, Madame.
— Ah ? Je n'attendais pourtant personne. J'espère que ce n'est pas encore une tentative pour me marier.
— Je ne sais pas Madame.
— Nous allons voir cela. Fais-les entrer dans la grande salle, j'arrive.
— Bien, Madame.

Marie se retira et laissa Béatrix dans de nouvelles pensées.

Qui pouvait bien venir la voir maintenant, et surtout en cette saison.

Il faisait froid et la neige avait commencé à recouvrir les prairies et les forêts. Ce n'était pas le meilleur moment pour entreprendre une visite. À moins que ce ne soit un voyageur égaré.

Beatrix se leva et à regret quitta la chaleur de la cheminée. Elle passa la grande cape que Gunnveig lui avait apportée lors de sa dernière visite et se rendit dans la grande salle.

Elle distinguait une forme assise dans le fauteuil, devant l'âtre qui essayait, tant bien que mal, de réchauffer la grande pièce.
Les fenêtres avaient été condamnées avec des planches et des peaux de bête afin de réduire le plus possible l'effet du vent glacial.
La grande salle était éclairée par les candélabres, braseros et chandelles ainsi que par le foyer de la grande cheminée. La lumière, malgré tout, restait tamisée.
La forme se leva et se retourna en entendant le bruit des pas de la Baronne sur les dalles en pierre.
C'était une femme, et lorsqu'elle retira la capuche de sa cape, la Baronne découvrit un visage plutôt hâlé et de longs cheveux bruns qui glissèrent sur ses épaules.
Elle n'était pas très grande et semblait bien proportionnée.
Béatrix ne la connaissait pas, ou du moins ne pensait pas l'avoir déjà croisée un jour, elle s'en serait souvenue.

— Bonsoir, que me vaut votre visite ?
— Bonsoir, Madame. Je suis désolée de vous importuner si tard.
— Pour l'instant, vous ne me dérangez pas, je n'avais pas grand-chose à faire.

— Merci, Madame. J'ai fait une longue route pour vous retrouver.

— Ah ? Vous m'intriguez ! Dites-m'en plus sur vous et cette visite.

Béatrix s'approcha un peu plus de sa visiteuse et lui prenant le bras, l'invita à se rassoir dans le fauteuil qu'elle occupait.

— Voulez-vous un grand verre de vin pour vous réchauffer ?

— Volontiers, Madame.

Béatrix attrapa le bout d'une corde qui pendait près de la cheminée et tira légèrement dessus.

Le tintement d'une cloche se fit entendre à l'extérieur de la grande salle et quelques minutes plus tard, Marie s'empressa de rejoindre les deux femmes.

— Que puis-je pour vous, Madame ?

— Apporte-nous une carafe et deux verres de vin.

— Bien, Madame.

Béatrix s'installa dans le fauteuil voisin et se pencha vers l'inconnue.

— Alors ?

— Je m'appelle Eléanor et je viens d'un royaume éloigné, beaucoup plus au sud du vôtre.

— Enchantée, et pourquoi ce voyage, surtout en cette période ?

— C'est une longue histoire qui a commencé il y a une quinzaine d'années environ

— Une bien longue histoire alors, même si je n'ai pas grand-chose à faire, j'espère que vous me ferez un petit résumé ?

— Oui, bien sûr, Madame. Il y a donc une quinzaine d'années, j'étais à l'époque plus jeune et je vivais mes premières années au couvent qui m'accueille encore de nos jours.

— Ah ? Vous êtes une sœur ?

— Oui, cela vous surprend ? Ma tenue ?

— Oui.

— Celle-ci est nettement plus pratique pour voyager et je préfère parfois passer incognito.

— Je vous comprends

— Donc c'était un soir, au printemps, je m'en souviendrai toujours, nous venions de finir de diner lorsque l'on a tambouriné à la porte extérieure. Nous n'avions pas l'habitude de recevoir des visiteurs si tardivement, mais nous avions un devoir d'hospitalité. Nous avons donc ouvert à ce visiteur.

— Quinze ans dites-vous ?

— Oui.

— Étrange... Mais continuez.

— C'était un homme, grand, fort avec de longs cheveux. Son cheval était attaché à l'anneau à côté de la porte et il semblait porter quelque chose dans les bras, sa cape l'enveloppait et nous empêchait de voir.

— Un Nordien ?

— Surement, oui. À l'époque, je ne le savais pas, mais depuis, mes nombreux voyages m'ont permis d'en avoir la certitude.

— Et il était seul ?

— Oui, nous l'avons fait rentrer au couvent. Il était peu loquace et nous l'avons laissé manger et boire seul pendant que nous allions faire nos prières.

— Comme beaucoup que je connais...

— À notre retour, il avait enlevé sa cape et nous avons découvert un bébé allongé sur la table, enveloppé dans une cape de très belle facture.

— Une fille ?

— Oui, Madame, nous l'avons su rapidement

Béatrix finit d'une traite son verre de vin et s'en resservit un autre qu'elle termina encore plus rapidement.

— Comment était la cape du bébé ?

— Elle était noire, brodée de fils d'argent sur les bords et trois lettres étaient brodées dans un coin.

— MdB ?

— ...

Béatrix n'en croyait pas ses oreilles. Elle avala un autre verre de vin.

— Oui, Madame.

— Et où est-elle ?

— La cape ?

— Nonnnn, le bébé qui a dû grandir depuis le temps et qui doit être une jeune fille maintenant.

— A notre couvent, Madame. Mais vous ne m'avez pas laissé continuer mon histoire.

— Dites-moi juste si c'est de ma fille dont vous parlez.

La Baronne n'en revenait pas. Cette femme était en train de lui dire que sa fille n'était pas morte comme on lui avait fait croire, quelques jours après son accouchement.

Qui avait été assez ignoble pour lui faire croire cela et surtout comment son mari avait-il pu laisser faire une telle atrocité ?

— J'ai mis du temps, Madame, mais aujourd'hui je peux vous affirmer que c'est bien d'elle dont nous parlons. Et c'est pour cela que je suis près de vous ce soir.

— Comment est-ce possible ? On m'a dit qu'elle était morte.

— Je ne sais que ce que je sais, Madame.

— Et qui était ce bébé que l'on m'a montré pour me faire croire à sa mort ?

— Je ne peux vous le dire, Madame.

— Mon bébé, si loin de moi...

Béatrix ne put retenir ses larmes et explosa en sanglots, mélange de tristesse, de joie et de colère.

Eléanor attendit que la Baronne se calme un peu avant de poursuivre.

— Elle va bien, elle est en parfaite santé et est devenue une charmante jeune fille qui fait tourner le cœur, et pas que cela, de pas mal de prétendants.

— Telle mère, telle fille !

— Surement, Madame, si vous le dites. Morgane a grandi auprès de nous et a reçu une très bonne éducation...

— Comment avez-vous su son prénom ?

— Le Nordien nous l'avait dit, c'est une des seules choses qu'il nous a apprises sur le bébé avant de nous le confier et de repartir aussi vite qu'il était venu. Nous n'en avons jamais entendu reparler.

— Et pourquoi êtes-vous ici aujourd'hui alors ?

— Morgane a toujours voulu savoir d'où elle venait, depuis qu'elle est en âge de comprendre et c'est elle qui a commencé les recherches. Je me suis vite prise au jeu et l'ai aidé jusqu'à découvrir qui elle était.

— Elle sait donc qui je suis !

— Oui, Madame.

— Et comment a-t-elle réagi ? Qu'a-t-elle pensé ? Que je l'avais abandonnée ?

— Au départ oui, mais en cherchant à en savoir plus sur vous elle a su que vous ne l'aviez pas abandonnée.

— Pourriez-vous m'en dire un peu plus sur ce Nordien ?

— Pas grand-chose de plus que ce que je vous ai dit, il n'est pas resté assez longtemps pour que puissions avoir plus d'informations. Par contre, je me rappellerai toujours un détail, car ce n'était pas commun par chez nous.

— Ah ? Lequel ?

— Il portait une chaîne autour du cou et à cette chaîne était accrochée une grosse bague.

Béatrix tendit sa main à Eléanor.

— Comme celle-ci ?

— Ce n'est pas la même, mais elle y ressemble. Le loup qui est sur la vôtre était remplacé par un lion. Mais elle ressemble étrangement à celle du Nordien.

Béatrix replongea dans son fauteuil et finit son verre.

— Pourquoi m'a-t-il fait ça ?

— Je ne sais pas, Madame, et je n'ai rien pu apprendre dans mes recherches sur cet homme.

— Je n'en suis guère étonnée. Il va falloir que je sache pourquoi.

— Je vous comprends, Madame.

— Et Morgane, quand pourrais-je la voir ? Il faut qu'elle revienne près de moi.

— J'enverrai un courrier demain matin, Madame. Elle attendait de connaitre votre réaction pour vous retrouver. D'ici une bonne semaine, elle devrait être près de vous.

— Vous allez avoir le temps de me parler d'elle avant qu'elle n'arrive, je veux tout savoir, comme si j'avais été près d'elle durant toutes ces années.

— Je resterais près de vous, oui bien sûr, jusqu'à son arrivée.

— Toutes ces émotions m'ont ouvert l'appétit et je pense que votre voyage vous a ouvert le vôtre ?

— Oui, Madame.

— Et bien dans ce cas, joignez-vous à moi, vous me raconterez son enfance.

— Volontiers.

La Baronne tira de nouveau sur la petite corde et Marie apparut.

— Tu pourras mettre deux couverts, Eléanor reste diner avec moi. Tu lui prépareras aussi la chambre à côté de la mienne, elle va séjourner parmi nous quelque temps.

— Bien, Madame. Une préférence pour le repas ?

—. Je te fais confiance, tu connais suffisamment mes gouts.

— Merci, Madame.

Marie sortit de la grande salle, laissant Béatrix et Eléanor en pleine discussion.

La Baronne voulait tout connaitre de Morgane, de sa couleur préférée à sa réaction lorsque sa première dent était tombée, de ses gouts littéraires jusqu'à son animal préféré.

Elles avaient continué leur discussion en mangeant et Béatrix n'était toujours pas rassasiée d'information.

À regret, elle dut se convaincre d'arrêter de parler de Morgane.

— Merci pour cet excellent repas, mais si ça ne vous dérange pas, j'aimerai aller me coucher. Le voyage et les verres de vin m'ont épuisée.

— Pas de soucis, Marie va vous montrer votre chambre.

— Merci beaucoup et passez une bonne nuit.

— Vous aussi.

Béatrix hésita quelques secondes, se demandant si elle allait actionner la clochette ou simplement crier.

— Maarrrriiiiieeeeee

Ce fut donc la seconde solution.

La jeune femme accourue aussitôt et après avoir pris note des explications de sa Maîtresse, elle guida Eléanor jusque vers sa chambre.

Béatrix avait quitté la grande salle elle aussi, non pour aller se coucher, mais pour se rendre à la bibliothèque.

Elle avait poussé la lourde porte et s'était rendue directement vers l'étagère accueillant le manuscrit qu'elle était venue consulter.

Une fois son chandelier posé sur la table, elle prit le manuscrit délicatement et le posa sur la table, s'assit et l'ouvrit.

Elle savait précisément ce qu'elle y cherchait.

Ce Nordien l'intriguait. C'était impossible qu'il ait enlevé sa fille et lui fait croire qu'elle soit morte. Quel aurait été son but ?
Elle pouvait se tromper par rapport à la description de la bague et voulait en avoir le cœur net.
Elle parcourut les pages, étudiant avec précision toutes les gravures représentant les bagues.
Une bague sur chaque page pair, la description et l'histoire sur le versant correspondant. Ce manuscrit était le recueil de toutes les bagues, comme la sienne, qui avait été forgées, leur histoire et les différents propriétaires à travers les temps.
Elle s'arrêta quelques secondes lorsqu'elle atteint la sienne et remonta la liste des propriétaires.
Toutes des femmes, une cinquantaine de ses aïeules avait leurs noms inscrits, et le dernier était le sien, chacun écrit avec une plume différente.
Elle se rappela avoir mis à jour certaines informations sur d'autres pages, à la suite du décès de tel ou tel membre.
Et si elle s'était trompée, et si elle avait oublié de noter quelque chose ? Non ce n'était pas possible. Ces informations étaient vérifiées une fois par an au moment des fêtes de Belthane par tous les membres présents lors de ces cérémonies.

— Un lion, un lion... Il n'y a pas cinquante bagues avec un lion.

Elle continua de tourner les pages. Certaines listes s'étaient arrêtées il y a de cela longtemps et plus aucune information ne serait fournie sur ces pages. Elle espérait que la sienne perdure encore de nombreuses décennies, ce dont elle avait douté jusqu'à ce soir.

— Voilà, enfin, je te tiens

Elle regarda la bague dessinée et en lut la description et les informations attenantes avant de parcourir la liste des propriétaires.

Elle ne s'était pas trompée, c'était bien Aubin le propriétaire.

Elle se souvenait l'avoir vu pour la dernière fois avant son mariage, elle était encore bien jeune et jeunesse oblige, ils avaient eu des relations sexuelles.

Ce n'était la première fois ni pour l'un ni pour l'autre et aucun des deux n'en avait fait de cas. Depuis, pourtant, elle n'avait pas revu sa carrure aussi imposante que celle de Roland.

On aurait presque pu penser, plus jeunes qu'ils étaient cousins, mais à part leur taille et celle de leur sexe, ils n'avaient pas grand-chose en commun.

Elle savait pourtant qu'il était toujours en vie, sinon elle en aurait été informée pour tenir à jour le manuscrit. Que s'était-il passé pour qu'il lui enlève sa fille et fasse croire qu'elle était morte ?

Elle parcourut la dizaine d'autres pages restantes et referma le manuscrit, le rangea à sa place et ressortit de la bibliothèque.

Elle passa par la cuisine où elle trouva Marie en train de finir de ranger et de nettoyer.

— Tu as bientôt fini ?
— Oui, Madame, bientôt.

Béatrix attrapa un verre et le rempli de vin. Il fallait qu'elle pense à autre chose qu'à cette fichue bague.

— Quelque chose ne va pas, Madame ? Vous semblez vraiment soucieuse depuis tout à l'heure.

— Ça ira mieux dans quelque temps, ne t'inquiète pas.

— Je l'espère, Madame. En tout cas, si je peux faire quelque chose.

— Oui, tu peux, mais dépêche-toi de finir.

— Bien, Madame.

La Baronne n'eut pas à patienter très longtemps, Marie n'avait pas menti et elle avait presque terminé son rangement.

— Voilà, Madame, j'ai terminé

— Bien, alors viens avec moi.

Béatrix sortit de la cuisine, ne laissant à Marie aucune information sur ce qu'elle désirait. Celle-ci lui emboita le pas et lorsqu'elle prit la direction de la chambre de la Baronne, Marie eut un petit sourire.

Béatrix en poussa la porte, rentra et attendit que la jeune femme soit à l'intérieur pour la refermer.

La chaleur des braseros qui avaient crépité toute la journée avait réchauffé la pièce. Il y faisait bon et Béatrix savoura quelques instants cette douce tiédeur.

— J'ai besoin de me relaxer, mais ce n'est pas l'heure pour un bain, tu vois une autre solution ?

— J'en vois même plusieurs, Madame.

Elles sourirent toutes les deux. L'une et l'autre savaient à quelles méthodes Marie pensait et Béatrix se laissa faire lorsqu'elle sentit les mains de la jeune femme passer sur ses épaules pour dégrafer sa robe.

21

Marie prenait son temps, laissant à la Baronne le temps de s'habituer à la tiédeur de la chambre, et surtout profitant de l'emprise qu'elle avait, à cet instant, sur sa Maîtresse.

La robe glissa à terre et la Baronne était nue, n'ayant pour l'instant gardé que sa paire de bottes en cuir, doublée à l'intérieur en peau de mouton.

Marie récupéra la robe et alla la suspendre avant de revenir et de plaquer ses deux mains dans le dos de Béatrix. L'une remonta vers sa nuque et l'autre descendit sur ses fesses. Marie appréciait la peau de sa Maîtresse et elle aimait y laisser glisser ses doigts, sa langue.

Cette langue qui appuya sur la nuque de Béatrix, pendant que les deux mains malaxaient doucement les fesses.

— Ne me fais pas trop languir quand même.

Marie ne répondit pas et descendit sa bouche le long de la colonne vertébrale tandis que ses mains remontaient pour venir englober les seins de la Baronne.

Elle les pressa doucement, titillant les tétons qui pointaient. Marie savait que sa Maîtresse aimait cela et qu'il n'y avait pas une partie de son corps qu'elle détestait que l'on caresse, si ce n'est peut-être la plante de ses pieds.

Marie laissait sa langue et ses lèvres aller et venir sur les fesses tendues et offertes, glissant entre les deux lobes pour venir titiller le petit trou de Béatrix.

— Attends... Déshabille-toi et viens avec moi sur le lit, on y sera mieux.

— Oui, Madame.

Béatrix se défit des deux mains de la jeune femme et se dirigea vers le lit, se mit à quatre pattes, invitant Marie à la rejoindre. Elle regarda la jeune femme se déshabiller et glisser sa tête entre ses fesses puis se perdit en gémissements.

La langue allait et venait sur ce petit trou, essayant de s'y insinuer, les doigts caressaient le clitoris gonflé de désir et s'enfonçait entre les lèvres humides, titillaient les tétons tendus.

Béatrix se laissait aller, se déchargeait totalement entre les mains et la bouche de Marie. Elle qui dirigeait généralement tous les ébats se laissait aller ce soir et n'avait pas envie de prendre d'initiative.

Marie l'avait compris et retourna la Baronne pour l'allonger sur le dos, releva ses jambes et commença à donner de grands coups de langue allant de son clitoris à son petit trou. Elle jouait en même temps avec ses doigts, les enfonçant tour à tour devant et derrière.

Béatrix râlait de plus en plus, sa respiration s'était accélérée.

— Ne t'arrête pas, continue.

Marie n'avait aucune envie de s'arrêter, elle prenait un malin plaisir à faire de minuscules pauses, laissant Béatrix redescendre avant de repartir de plus belle. Elle aimait faire plaisir à sa Maîtresse, surement autant que l'inverse.

Elle aimait le gout de sa mouille et s'en délectait, se léchait les babines avec et se frottait la figure entre ses lèvres.

Elle était déchaînée, peut-être plus que Béatrix qui s'était caressée le matin même en pensant à Margaux et Erika.

Sa langue titillait le bouton de la Baronne, le pressait, le pinçait, ses dents le mordillaient doucement.

Béatrix n'en pouvait plus, elle ne râlait plus, elle criait son plaisir.

— Fais-moi jouir, ma petite salope, vas-y.

Béatrix criait de plus en plus fort, ne retenait plus ses envies et explosa sur la langue de Marie en une déferlante de spasmes de plaisir.

— Tu es vraiment douée, ma petite salope.
— J'ai eu une bonne Maîtresse, c'est sans doute pour cela.

Elles éclatèrent toutes les deux de rire.
La Baronne se détendit, profitant des dernières vagues qui remontaient jusqu'à son cerveau.

— Merci, ma petite salope.
— Tout le plaisir est pour moi, Madame.
— Si tu as envie de te caresser, fais-le. Je suis trop fatiguée ce soir. Et si tu en as envie, tu peux aussi rester dormir avec moi.
— Merci, Madame.

Béatrix se redressa, embrassa Marie à pleine bouche avant de se retourner et de se caler sur le bord du lit, enfouissant sa tête dans les oreillers et repliant ses jambes sur elle-même.

— Bonne nuit, ma petite salope. Ne fais pas trop de bruit en te caressant.
— Bonne nuit, Madame, qu'elle vous soit douce et reposante. Faites de beaux rêves.

Marie avait attendu quelques minutes, écoutant la respiration de sa Maîtresse et lorsqu'elle avait jugé que celle-ci dormait, elle s'était allongée sur le dos, avait écarté ses cuisses et laissé ses mains passer sur ses seins. Elle les trouvait petits, mais aimait qu'on les touche, même si ses pointes étaient trop sensibles à son goût, elle aimait qu'on les lèche, qu'on les suce, qu'on les pince, surtout lorsqu'elle se faisait prendre.

Elle les caressa doucement, imaginant sa Maîtresse en train de la lécher. La Baronne entre ses jambes, sa langue entre ses lèvres tandis qu'elle avait une bonne queue dans la bouche. Elle laissa glisser une main, se branla le clitoris tandis qu'elle suçait un doigt de son autre main.

Elle avait envie. Envie de jouir, de se faire lécher, de se faire prendre, de sucer, de se faire remplir.

Les journées et les nuits étaient plus que calmes depuis le début de l'hiver et même si la Baronne s'occupait d'elle, elle était en manque de queue.

Sa Maîtresse l'avait pervertie au point qu'elle pensait être plus en manque qu'elle. Ce qui, finalement, n'était surement pas vrai, mais elle aimait à l'imaginer.

Tout comme elle imaginait cette queue dans sa bouche, cette bite qu'elle suçait tandis que la langue de la Baronne jouait avec son bouton, que ses doigts la fouillaient, entre ses lèvres trempées, entre ses fesses offertes.

Elle gémissait, essayant de faire le moins de bruit possible afin de ne pas réveiller Béatrix.

Elle avait encore le gout de sa mouille sur les lèvres et lorsque ses doigts appuyèrent un peu plus sur son clitoris, elle ne put se retenir et laissa son orgasme la remplir.

Instinctivement, elle resserra les jambes sur sa main ce qui n'eut que l'effet d'amplifier les ondes de plaisir.

Elle resta ainsi, profitant, pendant quelques minutes.

Elle garda la main coincée entre ses cuisses et se tourna vers Béatrix pour se coller à elle.

Elle ne tarda pas à s'endormir, non sans avoir remonté la couverture qui était restée au pied du lit.

Recherches

Béatrix avait ouvert les yeux et sentant la peau de Marie contre la sienne avait tout fait pour ne pas réveiller la jeune femme en se levant.

Elle avait du mal s'y prendre, car Marie grommela quelque chose comme.

— C'est déjà l'heure, Rhoooo, recouchez-vous, je vais m'occuper de tout.

Béatrix ne répondit pas et la regarda refermer les yeux et replonger dans un profond sommeil.

Elle passa juste sa cape, car même s'il faisait bon dans la chambre, elle se doutait qu'il n'en était pas de même dans les couloirs et certaines autres pièces.

Elle referma la porte, non sans un regard lubrique envers Marie. C'est vrai qu'elle en aurait bien profité et aurait bien continué leurs petits jeux de la veille, mais elle savait que la jeune femme devait se reposer, car la journée qui l'attendait allait être éprouvante.

Elle termina ses pensées en arrivant dans la cuisine. Les chandelles étaient éteintes et quelques braises étaient encore rougeoyantes dans l'âtre. Elle s'en servit pour allumer deux bougeoirs avant de se couper une tranche de pain sur laquelle elle posa un morceau de lard séché.

Elle n'avait pas oublié ses recherches de la veille et c'est machinalement qu'elle triturait sa bague, cherchant peut-être ainsi une explication.

Elle n'arrivait pas à comprendre qu'Aubin l'ait trahie à ce point. Que lui était-il arrivé pour qu'il transgresse à ce point leurs règles ?

Elle avala sa tranche de pain et de lard et se remplit un verre de vin qu'elle emporta avec elle en sortant de la cuisine.

Elle retourna à la bibliothèque et posa son verre sur la table.

Elle regarda l'étagère où elle avait pris le manuscrit la veille au soir.

Était-ce son imagination ? Il lui semblait qu'il n'était pas repositionné comme elle l'avait fait.

Elle devait trop réfléchir depuis les nouvelles qu'elle avait apprises.

Elle prit le livre à côté du manuscrit et s'installa pour le relire.

Elle le connaissait dans les moindres détails pour l'avoir appris par cœur lorsqu'elle était encore enfant, et pourtant, chaque fois qu'elle le relisait, elle arrivait à y découvrir de nouvelles significations.

Elle parcourut les pages, prêtant attention à toutes les phrases qui s'enchaînaient.

Elle n'avait pas vu le temps passé et sursauta lorsque la porte de la bibliothèque s'ouvrit. Machinalement, elle referma le livre, dont la couverture laissait penser à un roman comme tant d'autres.

— Je vous ai fait peur ?

— Je ne m'attendais pas à avoir de la visite pendant ma lecture.

— J'espère que je ne vous dérange pas.

— Non, vous pouvez rester. Vous pourriez même m'aider dans ma recherche.

— Ah ? Et quelle est-elle ?

— Si je ne me trompe, vous connaissez, après toutes ces années d'investigation, la signification de la bague que portait le Nordien.

— En effet, j'ai mis du temps pour l'apprendre, mais j'y suis arrivé, et Morgane en connait aussi la signification.

— Et donc, vous vous doutez que si je porte la même bague, c'est que nous sommes étroitement liés.

— J'en suis arrivée à cette conclusion lorsque vous me l'avez montrée hier soir.

Béatrix allait jouer le tout pour le tout, elle avait appris depuis toute jeune à ne révéler son secret à personne, hormis ceux et celles qui étaient comme elle. Aubin en faisait partie. Aurait-il trahi leur serment ? Elle en doutait vraiment.

Et si Eléanor était arrivée à percer leur secret, d'autres aussi avaient pu. Ils n'avaient pas pris assez de précautions et il allait falloir y remédier rapidement. Mais c'était un autre souci, elle s'en occuperait ultérieurement.

— Et votre curiosité vous a fait me suivre et consulter le manuscrit ?

Eléanor resta quelques secondes sans répondre. Elle savait que la Baronne l'avait démasquée et ce serait vain de nier qu'elle avait consulté le manuscrit.

— En effet.

— Vous savez que si vous ne m'aviez pas apporté une excellente nouvelle, vous seriez déjà morte.

— Je m'en doute, et vous en remercie d'avance.

— Maintenant que vous êtes au courant de beaucoup trop de choses, je vais devoir vous garder pour l'instant près de moi, vous en êtes consciente.

— Je m'en doutais. Et je pense que ce sera avec plaisir. Votre monde m'a attiré dès que j'en ai eu connaissance. Et même si je n'ai pas pu y pénétrer, cela reste un rêve.

— Et bien, votre rêve risque de devenir réalité. Mais en attendant, j'ai une réponse à trouver et vous allez m'y aider.

— Une réponse à quelle question, Madame ?

— Pourquoi Aubin ?

— Je ne le sais pas pour l'instant, Madame. Les quelques recherches que j'avais faites à l'époque sur le Nordien ne m'avaient pas menée bien loin.

— Alors, racontez-moi comment vous êtes remontée jusqu'à moi et comment vous avez fait pour déduire que Morgane était ma fille.

Béatrix fit signe à Eléanor de s'assoir, leur conversation risquait d'être longue.

— Au départ, nous n'avons rien fait, il a fallu attendre que Morgane commence à poser des questions et vouloir des réponses.

— …

— Nous avons commencé par chercher toutes les Morganes qui avaient pu disparaitre dans notre royaume. Ce fut vite fait, ce n'est pas un prénom commun par chez nous et nous avons dû étendre notre recherche aux royaumes voisins.

— Ça a dû être un travail de titan.

— De fourmi plutôt, sachant que nous nous étions cantonnées aux familles assez aisées pour pouvoir avoir des draps brodés d'argent. Mais il y en avait quand même un nombre impressionnant, surtout lorsque l'on sortait de notre royaume.

— C'est sûr qu'il commença à y avoir de nombreuses familles passées les frontières.

— Et en même temps, nous nous étions concentrées sur les noms de famille commençant par B.

— Judicieuse remarque. Morgane de B.

— Oui c'est ce que nous pensions alors. Mais cette recherche ne nous a menées à rien.

— Ah ?

— Aucune famille dont le nom commençait par B n'avait perdu de fille, et donc encore moins de Morgane.

— Et vous n'avez pas abandonné ?

— Morgane s'accrochait tellement, c'était devenu une véritable quête pour elle, mais je dois vous l'avouer, de nombreuses fois, j'ai voulu abandonner. Et toutes ces fois, c'est elle qui a su me remotiver pour continuer.

— Tenace et perspicace comme sa mère.

— Oui, Madame, je l'ai appris par la suite.

Un large sourire éclaira le visage de Béatrix auquel répondit Eléanor.

— Et vous pensiez abandonner ?

— Oui, Morgane me demanda alors de rechercher, parmi tous les noms de jeune fille.

— Ce qui ne vous a avancé à rien.

— Tout à fait. Ce fut le même fiasco que pour les noms de famille.

— Il y a bien eu un déclic ?

— Morgane a laissé tomber pendant presque deux ans, se faisant à l'idée qu'elle ne retrouverait pas sa mère.

— Et pourtant vous êtes là.

— Oui, au début de l'année dernière, une bande viking a fait un raid sur notre territoire. Nous n'avons jamais su pourquoi, mais ils ont épargné notre couvent. Ils sont restés quelques semaines, trouvant surement les provisions et les trésors nécessaires à la poursuite de leur expédition. Et durant toute cette période, nous avons pu les côtoyer, enfin surtout Morgane, car nous n'osions pas sortir du couvent de peur d'être égorgées. Morgane n'avait aucune peur des Vikings.

— Et dites-moi que le raid était mené par une femme, blonde avec les cheveux longs ?

— Comment le savez-vous ?

— Une intuition… Et donc ?

—Morgane n'en avait pas peur. C'est à ce moment-là que j'ai fait le rapprochement avec le Nordien qui l'avait amenée des années auparavant. Elle devait avoir quelque chose dans le sang qui l'empêchait d'en avoir peur.

— Ou pas, c'était une simple supposition.

— Oui, une simple supposition. Mais au fur et à mesure, Morgane passait plus de temps avec eux, surtout avec leur chef, et lorsqu'ils ont quitté les rives pour poursuivre leur expédition, elle m'a annoncé qu'elle avait de nouvelles pistes concernant sa mère.

— Et quelle piste avait-elle ?

— Elle n'était guère avancée, elle avait simplement découvert que le B de « MdB » ne signifiait aucunement un nom ou un lieu, mais simplement un Rang dans une confrérie secrète, regroupant de génération en génération des familles choisies et que ce B signifiait qu'elle appartenait à l'une des plus puissantes de la confrérie, après le A.

— Un joli mythe de société secrète que les troubadours se plaisent à chanter à qui veut l'entendre.

— Ne dit-on pas qu'il n'y a pas de fumée sans feu ?

— Certainement, mais de là à croire à ces sornettes.

— Je ne serais pas en présence de la deuxième personne la plus puissante de cette confrérie si elle n'y avait pas cru.

Béatrix explosa de rire et mit quelques minutes à reprendre son calme.

— Allons bon, si vous le croyez. Cela ne me dit toujours pas comment vous m'avez retrouvée.

— Morgane a commencé à lire tous les livres qu'elle trouvait et qui concernaient des sociétés dites secrètes. Il y avait de nombreux mythes, je vous l'accorde. Nous nous sommes rendues dans différentes bibliothèques ou divers monastères et autres lieux encore plus reculés afin qu'elle ait accès aux ouvrages qui l'intéressaient. Et un jour, alors qu'elle parcourait un nouveau livre, elle est tombée sur une gravure de la bague.

— Celle du Nordien ?

— Oui et il était stipulé que plusieurs avaient été réalisées dans une région reculée des siècles auparavant. Il y avait une carte de la région et nous nous y sommes rendues.

— Des terres reculées, à la limite du Nord ?

— Oui, encore une supposition ?

— Si le Nordien en avait une…

— Soit… Nous avons sillonné la région pendant presque quinze jours avant de finir dans un petit village où une vieille femme n'arrêtait pas de raconter la même histoire. Tout le monde la prenait pour folle, mais Morgane l'a écouté.

Elle racontait l'origine de ces bagues, qu'elles avaient été forgées et polies il y des siècles afin de sceller le pacte fait entre différentes familles.

— Et nous voilà de nouveau au point de départ à chercher des familles.

— Sauf qu'elle nous a appris que les familles avaient chacune une bague spécifique et que l'animal représenté sur la bague avait fini par faire partie de leurs armoiries.

— Et vous avez donc cherché des armoiries avec un lion ?

— Oui, et il n'y en a pas énormément dans le Nord, ce n'est pas un animal commun.

— C'est sûr que si vous aviez eu un loup ou un ours, la tache aurait été plus difficile.

— Nous avons donc fait le voyage pour rencontrer les familles aux armoiries contenant des lions et nous avons fini par le trouver. Je dis le, car même s'il était plus âgé, je l'ai reconnu tout de suite. Et lui aussi d'ailleurs.

— Comment pouviez-vous être certaine que c'était lui ?

— Il avait toujours sa bague, non plus accrochée à la chaine autour de son cou, mais à sa main. Je l'ai reconnue tout de suite, Madame.

— Bien, donc vous avez retrouvé le Nordien qui avait amené Morgane... Et ensuite ?

— De fil en aiguille, nous vous avons retrouvée. Voulez-vous toujours voir votre fille, Madame ?

— Bien sûr que je le veux.

— Alors, permettez-moi d'interrompre mon histoire pour lui envoyer un message.

— Bien sûr. Les pigeons pourront l'emporter au plus près de votre couvent, inutile de perdre du temps à cheval.

— Si vous êtes certaine qu'il arrivera.

— Je ne prendrais pas le risque qu'il se perde.

— Dans ce cas, puis-je vous demander une plume et un parchemin ?

— Venez avec moi, nous pourrons nous installer dans mon bureau, j'ai moi aussi un message à envoyer.

Béatrix se leva et Eléanor la suivit, traversant quelques couloirs pour atteindre le bureau.

La Baronne s'installa et fit signe à Eléanor de faire de même. Elle lui tendit une plume et un parchemin afin qu'elle rédige son message.

Béatrix en fit de même.

« Tu m'as menti il y a bientôt seize ans, tu as disparu depuis. Il faut que l'on ait une explication, si tu ne viens pas à moi, j'irai te trouver et ce ne sera pas d'une manière amicale. BdB ».

Elle roula son message et le scella d'un cachet de cire où elle appuya sa bague afin d'y laisser l'empreinte.

Eléanor venait de finir le sien et commença à le rouler également.

— Vous permettez que je lise ?

C'était plus une affirmation qu'une question et Eléanor lui tendit le parchemin.

Béatrix le déroula et le lut en silence.

— Bien, nous pouvons donc les envoyer.

Eléanor acquiesça et Béatrix mit juste un tampon de cire sur son message.

— Allons donner tout cela pour qu'ils partent rapidement.
— Oui, ce serait une bonne chose

La Baronne ressortit de son bureau, suivie d'Eléanor. Après quelques minutes à naviguer entre les différents couloirs et salles, elles trouvèrent enfin Gerold à qui elles donnèrent les messages ainsi que les destinataires.

— Je m'en occupe de suite, Madame.
— Merci. Quand penses-tu qu'ils devraient arriver?
— Le vôtre devrait être chez son destinataire demain, pour l'autre message, je dirais d'ici deux jours.
— Bien, c'est toujours plus rapide que de les y apporter en mains propres.
— Oui, Madame.

Elles laissèrent Gerold porter les messages.

— Nous serons mieux installées dans ma chambre pour discuter, qu'en pensez-vous ?
— C'est une bonne idée, oui, Madame.
— Alors, allons-y.

Les deux femmes se retrouvèrent dans la chambre de la Baronne qui s'assit sur son grand lit et fit signe à Eléanor de la rejoindre.

— Donc après le Nordien, vous m'avez retrouvée ? Comment avez-vous fait ?

— Il nous a juste donné comme indice que si Morgane portait un MdB, sa mère, elle, avait BdB et qu'elle était actuellement veuve et ne s'était pas remariée.

— Ce ne sont pas de petits indices.

— Certes, mais il nous a fallu reprendre l'histoire de toutes les familles de plusieurs royaumes, en cherchant les femmes qui auraient pu avoir un enfant il y a une quinzaine d'années et qui étaient veuves et ne s'étaient pas remariées.

— Et vous en avez trouvé beaucoup ?

— Quelques-unes, mais nous les avons vite écartées, en raison de la ressemblance physique avec Morgane, de leur vie actuelle. Certaines croupissaient dans des couvents, priant toute la journée pour leurs défunts maris, d'autres habitaient trop proche du nôtre.

— Donc en fait c'est un hasard si vous êtes là ?

— Pas tout à fait, je vous ai observée pendant quelque temps, vous ne m'avez pas remarquée, mais j'ai même réussi à voir votre bague. Et là, j'ai su que c'était vous. De plus, la ressemblance avec Morgane devenait frappante.

— Rappelez-moi de porter des gants en public à l'avenir.

Eléanor sourit à cette remarque.

— Si vous l'aviez fait, je ne serais pas là aujourd'hui.

— Certes... Et maintenant que je sais comment vous m'avez retrouvée, si vous me parliez un peu de vous. Nous allons passer quelque temps ensemble et vous n'êtes encore qu'une étrangère pour moi.

— Que vous dire sur moi ? Que je suis au couvent depuis presque vingt ans, mais que ce n'est pas pour cela que je reste cloitrer, vous en avez la preuve avec mes récits.

— Oui, c'est ce qu'il me semble. Et tous vos voyages vous ont-ils ouvert un peu plus l'esprit sur certaines choses de la vie ?

— Comme ?

— Le sexe par exemple.

Eléanor explosa de rire.

— Votre réputation n'est vraiment plus à faire.

— Je vous choque ? Vous êtes une jolie femme.

— Je ne suis pas choquée non, et merci du compliment.

— Ne me dites pas que vous êtes toujours vierge ?

— Il n'y a rien d'autre que vous aimeriez savoir à mon sujet ?

— Si, mais nous verrons ensuite.

— Alors non, je ne suis plus vierge depuis bien longtemps, et ce n'est pas parce que l'on est au couvent que l'on n'a pas d'envies et de plaisirs sexuels.

— Ce n'est donc pas une légende sur ce qui se passe dans certains couvents ?

— Si l'on parle de sexe, non, ce n'en est pas une.

— Et entre vous ? Ou avec des hommes ?

— Tout dépend des envies et des ... disponibilités.

— Je vois.

Béatrix posa la main sur la cuisse d'Eléanor et approcha sa bouche de la sienne.

— Et si là, j'avais envie ? Que diriez-vous ?

— Vous voulez la version officielle, ou la version officieuse ?

— Les deux, bien sûr.

— Alors officiellement, je vous dirais que c'est de l'hérésie et que je vais aller prier pour vous et vos pensées.

— Et officieusement ?

— Que vous pouvez continuer et que je ne vous dirai rien, bien au contraire.

Béatrix colla sa bouche contre celle d'Eléanor pendant qu'elle remontait sa main, passant sur son ventre pour venir effleurer son sein gauche.

Eléanor se laissait faire. Elle connaissait l'expérience de la Baronne, d'abord de réputation, et ensuite grâce à ses recherches.

Béatrix dégrafa lentement les boutons de la sobre robe de la sœur et glissa ses doigts sur la peau hâlée, jouant avec le galbe de ses seins, effleurant les tétons. Ils ne tardèrent pas à sortir et à pointer.

Leurs bouches continuaient de se coller, leurs langues s'entremêlaient.

Béatrix avait passé son autre main sur la nuque d'Eléanor, et glissait ses doigts dans ses cheveux, les tirant doucement.

Elle continua lentement, tant et si bien qu'Eléanor se retrouva allongée sur le lit

Béatrix se coucha à ses côtés et laissa sa main redescendre, continuant de défaire un à un les boutons de la robe qu'elle écartait au fur et à mesure, dénudant cette peau qu'elle découvrait. Elle effleura le pubis d'Eléanor, s'y attarda quelques secondes avant de poursuivre sa descente. Lorsque la robe fut entièrement ouverte, Béatrix l'écarta entièrement, mettant à nue le corps de la sœur.

Même si elle savait qu'elle faisait partie d'une minorité, Béatrix fut quelque peu surprise qu'Eléanor n'entretienne guère sa toison et la laisse ainsi fournie. Cela ne l'empêcha pas d'y poser la main et pendant que sa bouche descendait sur son sein gauche, d'écarter les cuisses et de plaquer sa main sur cette petite chatte qui s'écartait de désir.

Sa bouche et sa langue titillaient le téton durci par les attouchements et son majeur écarta doucement les lèvres de sa petite chatte, s'insinuant quelque peu entre avant de remonter vers leur jonction et son clitoris sur lequel elle s'attarda quelques secondes. Quelques pressions, quelques mouvements et son doigt fit le chemin inverse et s'enfonça entièrement dans sa chatte.

Elle trouva qu'elle s'ouvrait facilement pour une femme qui ne devrait avoir de rapport qu'occasionnellement et son doigt n'eut aucune difficulté à s'enfoncer jusqu'à la dernière phalange. Elle mouillait comme une bonne petite salope et Béatrix se dit qu'elle devait passer de nombreuses heures de prières avec une main entre les cuisses.

La Baronne ressortit son doigt et le tendit vers la bouche d'Eléanor. Celle-ci eut quelques secondes de réflexion avant de l'ouvrir et de sucer le doigt tendu.

Malgré son âge et de nombreux jeux lesbiens au cœur du couvent, elle n'avait jamais léché de doigt ainsi, sortant de son intimité. Les siens oui, parfois, mais jamais celui d'une autre et encore moins tendu ainsi.

Elle le suça jusqu'à ce que Béatrix lui retire et le replonge, avec un autre, en elle.

Elle laissa échapper des gémissements alors que Béatrix la fouillait, pressant sur les parois de son vagin, frottant dans son intimité. Elle sentait qu'elle mouillait de plus en plus.

— Alors, sœur Eléanor, tu aimes te faire fouiller comme une bonne petite salope.

Eléanor ne fit presque pas attention au changement de ton que Béatrix avait pris avec elle.

— Oui, Madame, j'aime ça et vous le faites si bien que je sens que je ne vais pas tarder.

Béatrix relâcha un peu la pression de ses doigts et calma leur mouvement.

— Doucement, doucement. Laisse-toi aller et profite. Rien ne sert de précipiter les choses. Tu en as envie je sais petite salope, mais ce n'est pas à toi de décider.
— Oui, Madame. Faites-moi profiter, mais j'ai trop envie. Juste un orgasme !
— Tu as mal écouté, petite salope, mais pour cette fois et parce que c'est la première, je veux bien faire une exception et te l'accorder.

Béatrix reprit le mouvement de ses doigts, pressant et frottant un peu plus sur la paroi du vagin ouvert et trempé.
De son autre main, elle pinça alternativement les tétons, tirant doucement dessus.

— Merciiiii ... Madame.

Eléanor râlait et avait du mal à articuler entre deux respirations saccadées. Elle sentait qu'elle ne tiendrait pas longtemps avant de jouir, et elle n'avait pas envie de résister, simplement envie de se laisser submerger par ces ondes de plaisir qu'elle sentait remonter.

— Tu as le droit de jouir, petite salope, puisque tu en as tant envie que cela.
— Ohhhhhh...
— Laisse-toi couler comme une bonne petite chienne, car c'est ce que tu es au fond de toi
— Oui... Madame.
— Une bonne petite chienne qui a besoin d'être remplie.
— Ouiiiii... Remplissez-moi, Madame.
— Et qui aime plus que tout jouir.
— Ouiiiii... Je viennnnssss....

Béatrix ralentit ses mouvements en sentant les contractions et le corps d'Eléanor fut pris de spasmes, elle se crispait et se détendait, laissant échapper un grand cri de bonheur.
La Baronne laissa encore quelques instants ses deux doigts enfoncés, attendant qu'elle ait repris ses esprits.
Elle les retira d'un coup sec, laissant couler quelques gouttes de cyprine et les remis devant la bouche entre-ouverte de la sœur.
Celle-ci n'hésita pas, cette fois-ci, et s'empressa de lécher les deux doigts tendus et les nettoya de sa langue, se délectant de son gout.

Eléanor n'en revenait pas de ce qu'elle venait de faire.

Elle n'en revenait tellement pas qu'elle en avait encore envie et cherchait les doigts de la Baronne, écartant en même temps largement les cuisses pour qu'elle puisse y replonger et lui refaire lécher ses doigts.

— Tu as assez joui pour ce soir, tu ne crois pas ?

— J'en ai encore envie, Madame.

— Je te crois, mais il ne faut pas abuser des bonnes choses.

— Oh, s'il vous plait, Madame.

— Chaque chose en son temps. Apprends à apprécier ce que je t'offre et ce sera le plus grand de tes plaisirs.

— Merci, Madame, mais j'ai encore envie... encore envie de jouir sous vos doigts, votre langue et même plus.

— Plus ?

— Oui, Madame... Je me laisserais remplir pour vous.

— Tu n'es pas encore prête à te faire baiser pour moi.

— Oh si, Madame, sentir les sexes d'hommes me pénétrer...

— Non, ce n'est pas encore le moment.

— Si je vous le dis, Madame.

— Tu n'es pas prête. Et ce n'est pas négociable. Soit tu te contentes de moi pour l'instant, je peux aussi me faire remplacer par Marie, soit tu te contentes de tes doigts.

— Et vos serviteurs ?

— Tsss... Qu'est-ce que je viens de te dire ?

— Alors ce sera mes doigts, Madame.

— Ton choix est sage et nous verrons peut-être pour la suite.

— Merci, Madame.

— Et maintenant, laisse-moi seule.

— En êtes-vous vraiment sure ?

— Arrête de jouer avec moi, tu as choisi tes doigts, c'est ton choix, pas le mien... Dans ce cas, retourne dans ta chambre.

Eléanor retourna se coucher dans sa chambre. Elle aurait eu envie de beaucoup plus, de se sentir rempli par n'importe quelle queue, mais la Baronne en avait décidé autrement, et elle ne pouvait le refuser, elle n'était que son invitée.

La Baronne ne put retenir un sourire en voyant partir Eléanor, déçue de ne pas pouvoir profiter plus amplement de cette nuit. Béatrix tira sur la cordelette près de la tête de son lit et après quelques minutes d'attente, Marie frappa discrètement à la porte et l'ouvrit, sans attendre de réponse de sa Maîtresse.

La place d'Eléanor ne fut pas perdue pour tout le monde. Marie enleva sa robe, la posa sur le dossier d'une chaise et s'allongea près de sa Maîtresse.

Béatrix put se régaler de la bouche et des doigts de la jeune femme avant de s'endormir profondément.

Réconciliation

Deux jours s'étaient écoulés depuis que les messages étaient partis. Aubin avait dû recevoir le sien, quant à Morgane, il faudrait attendre encore quelque temps.

Béatrix profitait de la présence d'Eléanor pour en apprendre plus sur sa fille quand elle n'avait pas à s'occuper des affaires du domaine, ce qui en cette période ne lui prenait guère de temps.

Les affaires courantes étaient traitées par Thybalt et les affaires exceptionnelles étaient rares.

Assise dans la bibliothèque, elle parcourait un ancien ouvrage racontant l'histoire des grandes familles des différents royaumes connus. Elle cherchait, étant persuadée qu'elle ne trouverait pas, car elle avait appris toutes ces histoires par cœur lorsqu'elle était plus jeune et qu'elle était encore en formation. Quelles informations pourrait-elle trouver sur une Viking blonde ? Peut-être un indice qui lui ait échappé à l'époque.

Il y avait quelque chose qui ne collait pas dans l'histoire d'Eléanor. Gunnveig ne se serait jamais aventurée à donner des indices sur eux si elle n'y avait été forcée. Ou peut-être a-t-elle voulu tester Morgane et voir si avec un maigre indice elle arriverait à remonter la piste. Si elle échouait, aucun d'entre eux n'aurait pris de risque et si elle réussissait, elle aurait contribué à réunir une mère et sa fille.

— Il faudra vraiment que j'aie une discussion aussi avec elle.

Béatrix continua de parcourir les pages, mais fut interrompue par Alfrid.

— Madame ?

48

— Oui Alfrid ?
— Un message pour vous, Madame.

Il s'approcha et lui tendit un parchemin qu'elle prit soin de ne
pas ouvrir avant qu'il ne fût reparti. Elle avait reconnu le sceau
à la tête de lion.
Elle déchira le sceau, déroula le parchemin et commença à le
lire.

« Ma chère Béatrix, je ne t'ai pas menti il y a seize ans. Si j'ai
disparu à l'époque, c'est pour éviter de supporter ton chagrin.
Je me suis fait oublier ensuite par honte de me représenter
devant toi. Mais je pense que tu as assez d'informations pour
aujourd'hui apprendre la vérité.
Ce ne sera pas la peine de te déplacer, je pars en même temps
que ce message.
Avec toute mon amitié, mon amour et mes respects. Aubin »

— C'est sûr que tu ne m'as pas menti, tu ne m'as rien dit,
tu t'es sauvé à l'annonce de la mort de ma fille et je n'ai plus
eu aucune nouvelle, malgré mes lettres jusqu'à aujourd'hui.
Alors oui, tu vas me dire la vérité quand tu seras là. Et pas
question que tu te défiles encore une fois.
— Hum, hum… Madame ?

Béatrix tourna la tête vers la porte.

— Oui, Marie ?
— Vous parlez encore tout haut, Madame.
— Je sais, mais personne n'entend.
— Moi si, Madame.

— Et tu crois que depuis tout le temps que tu m'entends réfléchir et penser à voix haute tu serais toujours ici si je savais que rien de ce que tu as entendu ne sortirait de ta bouche.

— C'est le cas, Madame.

— Donc tu vois que personne n'entend.

Béatrix sourit avant de reprendre.

— Que voulais-tu ?

— Un messager est arrivé du Palais.

— De bonnes ou de mauvaises nouvelles ?

— Margaux et Erika resteront encore quelque temps, il semblerait que votre Suzerain apprécie Margaux.

— Ce qui ne m'étonne guère, mais j'espère que ce sont de bonnes raisons qui les font rester.

— Je pense, Madame. Il y a quelques réparations à faire au manoir, les dernières tempêtes ont mis à mal les toitures et Margaux préfère superviser le début des travaux.

— Thybalt va encore nous faire une crise, sauf si Margaux va demander quelques pièces à notre Suzerain.

— Je pense qu'elle le fera, Madame. N'est-ce pas vous qui lui avez montré comment s'en sortir ?

La Baronne éclata de rire.

— Si c'est vrai, tu as raison.

— Voulez-vous leur retourner un message ? Le cavalier ne veut pas s'attarder par ce froid.

— Fais leur dire simplement qu'elles me manquent et que Roland n'a qu'à dessaouler pour surveiller les travaux.

— Bien, Madame, je vais le leur transmettre.

Marie s'arrêta sur le pas de la porte.

— Madame ?
— Oui ?
— Vous ne voulez pas les informer pour votre fille ?
— Non. Tant que je n'ai pas eu certaines explications, cette histoire restera ici.
— Bien, Madame, comme vous voulez.

Et Marie disparut dans l'encadrement de la porte.

Marie venait de lui soulever un problème. Comment allait-elle faire s'il s'avérait que Morgane était vraiment sa fille. Elle avait pris sur elle depuis qu'elle avait recueilli Margaux pour qu'elle lui succède et qu'elle porte, à sa mort, sa bague.
Elle ne pouvait pas avoir plusieurs successeurs. Ce n'était jamais arrivé depuis le début et de toute manière elle n'avait qu'une seule bague à transmettre.
Il faudrait qu'elle fasse un choix et ce ne serait pas le plus simple.
Mais elle n'était pas à l'article de la mort et elle aurait le temps de réfléchir à cela ultérieurement.
Pour l'instant, c'était Aubin qui la préoccupait et elle avait beau retourner ses souvenirs dans tous les sens, elle ne trouvait aucune explication cohérente à ses actes.

Elle passa le reste de l'après-midi à compulser différents manuscrits, à la recherche d'informations sur Gunnveig, sur Aubin et sur tous les autres membres.

Eléanor avait désiré se rendre à un couvent non loin du château et lui avait dit qu'elle passerait surement la nuit là-bas.

Elle devait aussi songer à ses vœux, et rester en permanence avec la Baronne, même si elle appréciait énormément sa compagnie, ne serait pas bon pour elle et surtout sa réputation.

Béatrix passa la nuit avec Marie. Ce fut, comme de nombreuses nuits, une série d'orgasmes pour les deux femmes avant de s'endormir, leurs corps collés.

Elle fut réveillée par Alfrid qui frappait à la porte de la chambre.
Béatrix ouvrit les yeux la première, regarda Marie qui dormait encore.

— J'arrive.

Elle prit simplement sa cape et la posa sur ses épaules, tenant de sa main les deux pans pour cacher une once de sa nudité. Ce n'était pas de la pudeur, mais le changement de température en se levant.
Elle ouvrit la porte et découvrit Alfrid, un air un peu sombre.

— Satanée saison... Que se passe-t-il, Alfrid ?
— Je n'ai pas voulu vous déranger plus tôt, Madame.
— Et pourquoi le fais-tu maintenant alors ?
— Un homme est arrivé avant le lever du soleil. Il disait que c'était très important et devait vous voir. J'ai tenté de lui dire que vous n'étiez pas encore levée, mais il a tellement insisté que je n'ai pu que temporiser jusqu'à présent.
— Un Nordien?
— Il semblerait, Madame, oui.
— Alors, fais-le encore patienter le temps que je m'habille et tu l'accompagneras jusqu'à mon bureau.

— Bien, Madame.

— Et sers-lui à boire aussi, il a fait un long voyage.

— Bien, Madame.

Béatrix referma la porte, laissa Alfrid aller s'occuper de leur visiteur.

Elle chercha dans ses armoires une robe.

— Pas celle-là... Celle-là non plus... Encore moins celle-là...

— Madame ?

Marie venait d'ouvrir les yeux et regardait sa Maîtresse fouiller dans ses penderies.

— Ah ! Tu es réveillée !

— Oui, Madame. Que se passe-t-il que vous cherchiez déjà une robe ?

— Aubin est arrivé et m'attend, et il faut que je trouve quelque chose à me mettre sur le dos, je ne vais pas le recevoir ainsi.

— Laissez-moi vous aider, Madame.

Marie sortit du lit et vint rejoindre la Baronne. Elle passa en revue les différentes robes présentes et en sortit une.

— Et que pensez-vous de celle-ci, Madame ?

— Tu as raison, elle sera parfaite pour l'occasion. Aide-moi à la passer.

— Bien, Madame.

Marie avait sorti une robe noire, d'apparence sobre, mais avec toutes les coutures rehaussées de fil argenté.

Sobre, mais distinguée, comme sa Maîtresse.

La Baronne laissa sa cape tomber à terre et tendit les bras pour que Marie fasse glisser la robe et la laisse retomber jusqu'aux pieds de sa Maîtresse.

— Va nous chercher à boire et sers-nous dans le bureau.

— Une préférence, Madame ?

— Ne prend pas la piquette que tu sers d'habitude aux visiteurs !

La Baronne éclata de rire devant le regard incrédule.

— C'est vrai, nous n'avons pas de piquette... N'importe quel vin blanc fera l'affaire.

Béatrix déposa un baiser sur le front de Marie.

— Porte-moi chance.

— Oui, Madame. Courage.

Les deux femmes sortirent de la chambre et prirent les deux directions opposées.

La Baronne s'était installée sur son fauteuil, derrière son bureau, face à la porte et attendait. Elle était persuadée qu'Alfrid allait être plus rapide que Marie, sauf si cette dernière le croisait en chemin.

Elle eut sa réponse lorsque l'on frappa à la porte que l'homme entra.

— Votre visiteur, Madame.

— Merci, Alfrid, fais-le rentrer.

Alfrid ressortit et laissa la place au Nordien qui s'avança lentement vers le bureau.

Béatrix ne se leva pas, attendant de voir la réaction d'Aubin, et elle devait s'avouer qu'elle avait du mal à contrôler ses émotions. Elle était à la fois partagée entre la colère, la rancœur, la joie et le bonheur de le revoir après tant d'années.

— Béatrix... Tu es encore plus belle que dans mes souvenirs, les années t'ont embellie.

Elle essaya de garder un ton neutre et plutôt sec.

— Merci, Aubin. Mais tu n'es pas ici pour me parler de ma beauté.
— Oui, mais je tenais à le préciser.

Ils furent interrompus par Marie qui apportait le vin demandé par sa Maîtresse.

Elle posa les verres et la carafe sur le bureau et s'éclipsa rapidement et discrètement.

Durant cet intermède, la Baronne avait eu le temps de scruter son visiteur. Lui non plus ne s'était pas avili avec les années et ces quelques cheveux blancs qui parsemaient sa chevelure brune lui donnaient un nouveau charme.

Elle se leva enfin de son fauteuil, fit le tour du bureau et s'approcha d'Aubin. Aussitôt qu'elle fut près de lui, il mit un genou à terre et embrassa la bague sur la main qu'elle lui tendait.

— Allez, relève-toi. Même si j'aime bien, tu sais que nous avons passé suffisamment de temps ensemble pour en oublier le protocole.

Il se releva et la regarda dans les yeux, essayant de garder ses distances et de ne pas l'attraper pour la serrer dans ses bras.

— Oui, surement trop de temps...
— Que veux-tu dire ?
— Que nous ne serions pas ici aujourd'hui si nous avions passé moins de temps par le passé ?

Béatrix lui prit la main et l'entraina vers les deux fauteuils près de la cheminée, saisissant au passage les deux verres, tandis qu'Aubin prenait la carafe. Il les remplit de vin et en tendit un à la Baronne, gardant le second.

— À nos retrouvailles !
— A nos retrouvailles, qu'elles puissent m'apporter de la lumière sur toutes ces années.
— Crois-moi, tu vas être éclairée.
— Tu as intérêt, car tout Aubin que tu es, si je n'ai pas de sérieuses explications, mon courroux sera énorme.
— Je m'en doute, je te connais suffisamment pour le savoir.
— Alors je t'écoute.
— Que veux-tu savoir exactement que tu ne sais déjà.
— Pourquoi as-tu enlevé ma fille et m'a fait croire qu'elle était morte.
— Bien, mais j'ai quelques questions à te poser avant de répondre à ces deux-ci.
— Toujours à jouer ! Allez, poses tes questions !
— Combien de temps es-tu restée avec ton mari avant de tomber enceinte ?
— Environ cinq ans, je crois.

— Et durant ces cinq ans, ne me dis pas que tu n'as pas eu d'autres hommes.

— Bien sûr que si j'en ai eu d'autres, hommes et femmes, il était au courant.

— Et tu n'es pas tombée enceinte avant ?

— Non, c'était un accord entre nous. Il me laissait libre de faire ce que je voulais, pourvu que cela ne s'ébruite pas et qu'aucun autre homme que lui ne me féconde.

— Et durant cinq ans, il t'a ensemencée et tu n'es pas tombée enceinte ?

— Oui, combien de fois vais-je te le répéter ?

— Et il n'y a vraiment eu aucun autre homme !

— Si, toi, une fois par égarement, tu te souviens, cette nuit d'été ?

— Bien, réfléchi un peu alors...

— À quoi ?

— À ta fille !

— Et bien oui, ma fille... Tu me l'as enlevée en me faisant croire qu'elle était morte, on a même vu son cadavre et on l'a enterré.

— Ce n'est pas ta fille que tu as enterrée.

— Alors qui ?

— Une paysanne d'un village alentour qui est morte quelques jours après sa naissance, elle ressemblait à Morgane.

— Pourquoi me faire croire à sa mort ?

— C'est ce qu'il voulait.

— Qui il ? A n'y avait aucun intérêt et je ne vois que lui pour vouloir tuer ma fille. C et D n'en auraient pas eu le cran.

— De qui t'ai-je parlé jusqu'à présent ?

— Mon mari ? Mais pourquoi aurait-il voulu la mort de sa fille ? ... Sauf si...

— Si ?

— Si... Non ! Ce n'est pas possible... Si Morgane n'avait pas été sa fille, mais la tienne.

— Et c'est le cas Béatrix. Morgane est notre fille. Ton mari s'en est aperçu quelques jours après sa naissance.

— Comment est-ce possible et comment a-t-il pu découvrir cela ? Et qui me dit que tu ne me mens pas ?

— Quel intérêt aurais-je eu à agir ainsi, si ce n'est pour sauver ma fille et lui laissé croire que son plan avait réussi !

— Son plan ? Attends... Elle n'est pas morte le plus naturellement possible ? Enfin, tout le monde m'a fait croire que ma fille était morte naturellement... Alors de quel plan parles-tu ? Je ne comprends plus rien là.

— Alors, calme-toi, reprends tes esprits et réfléchis avec moi.

Aubin arrêta ses explications, but une longue gorgée de vin et Béatrix l'imita, essayant de rassembler de nouveau ses esprits. Où étaient sa concentration et sa maîtrise de soi légendaire ?

— Allez, vas-y. Explique-moi tout... Et si tu le faisais dans l'ordre au lieu de vouloir me perdre ?

— D'accord... Donc lorsque tu es tombée enceinte, ton mari a trouvé cela bizarre. Cinq ans qu'il essayait d'avoir un enfant avec toi et tu le sais mieux que moi, ce n'était pas faute d'essayer.

— Oui c'est vrai qu'il en a laissé en moi du sperme.

— Et malgré tout, tu es tombée enceinte... Après que l'on se soit égaré tous les deux.

— Oui...

— Donc il a commencé à se poser des questions, rechercher toutes les personnes avec qui tu avais eu des aventures les dernières semaines avant ta grossesse...
En parallèle, il est allé consulter les médecins de l'ile aux moineaux. C'est le fameux voyage où il t'a dit qu'il partait quelque temps pour une mission diplomatique.

— Il est parti longtemps à cette période, en effet.

— Et il a eu les conclusions qui l'ont conforté dans ses pensées, à savoir que Morgane ne pouvait être de lui.

— Comment ça ?

— Les médecins ont conclu qu'il était stérile et qu'il ne pouvait avoir d'enfant.

— C'est pour cela qu'il semblait si distant lorsqu'il est rentré ?

— Sans doute oui. Et sa colère n'a cessé de grandir en même temps que ton ventre et lorsque Morgane est née, il n'a pas su se contenir et est rentré dans une rage folle. Il a ordonné que l'on tue notre fille et que l'on te fasse croire qu'elle était morte naturellement.

— Mais comment as-tu su tout ça ?

— J'étais présent quand il a donné l'ordre, mais heureusement ce n'était pas à moi qu'il l'avait donné. Je me suis arrangé avec le futur bourreau, moyennant une lourde somme d'argent de faire croire à la mort de Morgane en la remplaçant pas un autre bébé. Et c'est ainsi que je me suis enfui avec elle vers le couvent. Il fallait que je trouve un lieu suffisamment éloigné pour que ni lui, ni toi, ni Morgane ne puissiez faire le rapprochement.
Les raisons de son acte et comment il a su pour sa stérilité, je ne l'ai appris que quelques années plus tard, après avoir mené mon enquête.

— Mais pourquoi ne pas revenir près de moi ?

— Tu me vois passer du temps près de toi avec ce secret ?

— Non, c'est vrai tu n'aurais pas pu t'empêcher de me l'avouer un jour ou l'autre.

— J'ai toujours eu un œil sur Morgane, de près, de loin, j'étais toujours présent sans qu'elle ne le sache vraiment.

— Le raid viking, c'était ton idée ?

— En partie, oui. Pour pouvoir m'approcher d'elle.

— Et personne ne t'a reconnu là-bas ?

— Non, les seules qui auraient pu me reconnaitre, c'était les sœurs, mais elles étaient trop terrifiées pour sortir, et chaque fois que Morgane venait au camp, je faisais attention à ce qu'elle ne me croise pas. Je peux être discret quand je veux.

Béatrix sourit à cette remarque.

— Très oui, en effet... Quinze ans sans une nouvelle, sans une réponse à mes lettres... Aubin...

— Je n'aurai supporté de te voir ainsi, surtout les premières années.

— Je comprends maintenant, et m'en veux de t'avoir haï pour t'être enfuis.

— À ce point ?

— Oui, je ne sais pas ce que je t'aurais fait si tu t'étais représenté devant moi, tu aurais certainement passé un sale quart d'heure.

— J'aurai peut-être apprécié ?

— Qui sait ?

Ils éclatèrent tous les deux de rire.

— Comment as-tu connu la Jarld ?

— Ça, c'est une autre histoire...

— Allez, j'ai besoin de savoir.

— Oui, car tu t'es bien amusée avec elle ?

— Rhoooo, mais ce n'est pas possible ça ! Tu m'espionnes depuis tout ce temps ?

— Le lion veille dans l'ombre sur ce qui lui est cher, n'est-ce pas la devise de notre famille ?

— Si en effet.

— Donc je l'ai appliquée depuis tout ce temps.

— Une autre question mon cher... oui, je sais j'en ai beaucoup...

— Vas-y, que veux-tu savoir d'autre ? Je t'ai dit que je te dirais toute la vérité et que tu aurais toutes les lumières nécessaires sur cette histoire.

— Merci... Pourquoi avoir donné ce renseignement à Morgane et Eléanor lorsqu'elles sont venues te voir, tu aurais très bien pu ne rien dire.

— J'ai jugé, peut-être à tort, que Morgane était digne de toi et qu'elle avait le droit de savoir et surtout que toi aussi, tu devais tout savoir.

— Mais pourquoi ne pas lui avoir dit plus tôt si tu la surveillais.

— Il fallait qu'elle progresse, qu'elle apprenne toute seule, vu que l'on ne pouvait faire son éducation, et ce n'aurait pas été judicieux de la plonger dans notre monde sans recherches préalables de sa part, même si actuellement elle ne connait pas les tenants et les aboutissants de notre confrérie.

— Elle est perspicace, douée, et cultivée à ce que j'ai pu comprendre.

— Et aussi belle que sa mère à son âge.

— Arrête flatteur, tu regardais les autres filles à l'époque.

— Et toi les autres garçons.

Béatrix finit son verre.

— Tiens, ressers-moi donc.

— Volontiers, je vois que tu apprécies toujours autant le bon vin.

— Et pas que le bon vin !

— J'ai cru comprendre.

— Aubin...

— Oui, Béatrix.

— Pourquoi en sommes-nous arrivés là ?

— Là ? Aujourd'hui ? Ou là... il y a quinze ans ?

— Les deux sont liés tu le sais très bien.

— Je sais... As-tu continué à perpétuer notre tradition ?

— Plus ou moins, disons que je n'ai jamais renié tout cela, c'est ancré au plus profond de moi, mais je n'ai jamais trouvé à qui vraiment enseigner notre art.

— Un fils ou une fille adoptive que tu aurais pris sous ton aile ?

— Non, je n'ai et je ne vois vraiment personne.

— C'est vraiment dommage que tu ne puisses transmettre ta bague.

— Tu ne penses vraiment qu'à cela ?

— J'y pense depuis que je l'ai reçue et quand je vois les transmissions dans certaines familles, je me dis qu'il faudrait peut-être un nouvel ordre.

— Et qu'en pense A ?

— À ... est vieux et ne se soucie guère de l'avenir, ni même du présent. La plupart des décisions, c'est déjà moi qui les prends, et je continuerai à le faire lorsqu'il aura transmis sa bague à son fils. Il n'est pas digne de la porter, mais nous n'y pouvons rien.

— Tu ne peux tout de même pas penser ainsi, ce n'est pas ce que l'on t'a appris depuis que tu es née.

— Ce qu'on m'a appris, c'est de protéger notre ordre et que rien ne vienne le perturber, pour les siècles à venir, et ce quelques soient les décisions que l'on devrait prendre. Ne me dis pas que tu ne ferais pas de même, tu l'as fait il y a quinze ans.

— Je ne l'ai pas fait pour notre confrérie, je l'ai fait pour ma fille.

— Soit, mais si ce n'était pas pour nous, tu ne l'aurais pas remise sur notre route.

— Peut-être... de toute manière, tu as toujours été la plus perspicace de nous tous.

— Ça ne change pas les faits. Et ça ne change en rien que tu n'as trouvé personne pour transmettre ta bague puisque tu n'as pas d'héritier.

— J'ai Morgane.

— Morgane aura ma bague.

— Et pourquoi pas la mienne ?

— Parce que c'est ma fille.

— C'est la mienne aussi.

— Et tu préférerais qu'elle porte la tienne ou la mienne ?

— ...

— Bien, donc cette question est close... Mais tu n'as pas répondu à une de mes questions.

— Laquelle ?

— Pour la Jarld ?

— Je t'ai dit que c'était une autre histoire.

— Une histoire intimement liée à la nôtre désormais, et pour plusieurs raisons.

— Que veux-tu savoir exactement ?

Béatrix reprit un autre verre de vin et le but d'une traite, laissant Aubin la resservir.

— La Jarld... Gunnveig, comment était-elle au courant pour toi ?

— Je te l'ai dit, c'est une longue histoire.

— Alors, vas-y, je n'ai rien prévu d'autre que de t'écouter.

— Tu sais très bien, pour l'avoir étudié et appris jeune, et même révisé toutes ces années, que toutes les origines de nos familles venaient du Nord.

— Oui, mais c'était il y a des centaines d'années, voir des millénaires.

— Et pourtant, il y a toujours une légende qui parle de nous dans le Nord.

— Et que vient faire Gunnveig dans cette légende ?

— Te rappelles-tu avoir lu que les premières générations n'avaient pas à vivre dans l'ombre ?

— Oui, je l'ai lu.

— Et qu'as-tu lu aussi à ce sujet ?

— ... "Que nos premières familles qui commençaient à vivre dans l'ombre pouvaient faire confiance à d'autres familles afin de veiller à leur bien-être et leur sécurité".

— ...

— Tu veux dire que Gunnveig fait partie de l'une de ses autres familles ?

— C'est toi qui viens de le dire.

— ... C'est pour cela qu'elle n'a opposé aucune résistance lorsque je lui ai présenté ma bague.

— Et ça ne t'a pas intriguée ?

— Sur le moment, j'ai pris ça sur la valeur marchande de ma bague.

— Ce n'est pas le cas.

— Je vois... Et c'est toi qui l'as envoyée vers le couvent ?

— Oui... je dois le reconnaitre, je me suis servi de mon aval sur elle pour qu'elle fasse escale près du couvent.

— Tu l'as baisée ?

— Béatrix !

— Quoi ? J'ai besoin de savoir.

— Oui, je l'ai baisée, mais nos chemins se sont séparés depuis ce raid qui l'a menée vers des terres bien au sud des nôtres.

— Et tu l'as revue depuis ?

— ... Dis-moi, tu ne serais pas un peu jalouse ?

Béatrix se pencha vers Aubin et passa sa main sur sa joue.

— Jalouse ? Moi ? Non, je cherche à comprendre. Et tu sais bien qu'il m'en faut beaucoup plus qu'une simple partie de jambes en l'air pour être... jalouse.

— Si tu le dis... Mais ce n'est pas l'impression que tu donnes.

— Je dois pourtant t'avouer une chose.

— Ah ? Laquelle ?

— Tu m'as manqué durant toutes ces années.

— Tu avais l'air pourtant bien occupée.

— Et être occupée m'a empêchée de penser à toi ?

Elle posa sa main sur la cuisse d'Aubin

— Je n'ai pas dit cela non plus.

— Je n'allais pas t'attendre indéfiniment, ne sachant surtout pas pourquoi tu étais parti et si un jour tu reviendrais.

— On peut dire cela.

— Non, mais ! J'aurais dû finir mes jours comme AdN qui est morte sans n'avoir jamais rejoué lorsque son partenaire principal a trouvé la mort dans un accident de chasse ?

— Je dis ça, mais j'aurai été malade de te savoir ainsi.

— Ah ! Tu vois que tu es d'accord avec moi et que j'ai eu raison d'en profiter.

— Tu as toujours raison de toute manière.

Elle se pencha un peu plus sur le Nordien et posa sa bouche sur son oreille.

— Et si j'avais envie de jouer avec toi, là, maintenant ?

— Ce serait très tentant, bien sûr. Mais j'ai fait un long voyage pour venir te retrouver et j'aimerais me reposer pour être vraiment en forme pour tes jeux.

— Ne te défile pas trop longtemps.

— Ne t'inquiète pas.

Béatrix laissa Aubin se retirer après l'avoir fait accompagner dans sa chambre par Marie.

Toutes ces explications tournaient dans sa tête et elle revivait ces instants comme s'ils s'étaient déroulés la veille.

Elle but un autre verre, ferma les yeux et essaya de calmer le flot de ses pensées.

Reconnaissance

Aubin avait accepté l'invitation de Béatrix de séjourner quelque temps avec elle, du moins jusqu'à ce que Morgane arrive. Ils décideraient ensuite pour la poursuite de l'éducation de la jeune fille.

Eléanor était revenue quelques jours plus tard, et avait été surprise de voir le Nordien au château. Béatrix lui avait tout expliqué et la sœur avait été ravie d'apprendre qu'il n'avait pas agi pour de mauvaises intentions, mais pour sauver Morgane. Un message, leur étant adressé à toutes les deux, était arrivé le lendemain de son retour. Il émanait du couvent et Morgane leur disait qu'elle avait bien reçu le message et qu'elle se mettait en route immédiatement et que suivant les intempéries sur la route elle devrait arriver quatre ou cinq jours après son départ.

La Baronne n'arrêtait pas de tourner en rond, inspectant el moindre recoin du château pour que tout soit parfait.

Tous les serviteurs se prenaient des remarques et des taches supplémentaires, se demandant qui leur Maîtresse attendait pour qu'elle soit dans cet état. Les plus vieux, qui avaient connu la Baronne alors qu'elle n'était qu'une jeune fille ne se souvenait pas l'avoir vue dans un tel état. Même quinze ans auparavant, elle avait été dévastée, mais n'avais pas été si pointilleuse.

Il y avait certes, ces rencontres où certaines personnes étaient invitées, une fois par an, et pour lesquelles la Baronne faisait briller le château, mais elle n'était pas aussi exigeante que ces jours-ci.

— Madame ?

— Oui, Marie ?

— Je sais que vous voulez que tout soit parfait pour l'arrivée de votre fille, mais...

— Mais ?

— Mais vous ne pensez pas que vous en faites un peu trop, si je puis me permettre, Madame ?

— Non, Marie. Je veux que tout soit parfait.

— Ça le sera, Madame, ce n'est pas la peine d'être aussi tranchante avec vos serviteurs, ils ne comprennent pas votre changement, vous qui avez toujours été si calme avec eux.

— Je suis tranchante ?

— Oui, désolée de vous le dire Madame. Vous m'avez toujours dit de vous parler franchement, alors je le fais.

— Tu as raison, Marie. Raison de le faire...

— Merci, Madame.

La Baronne donna une claque sur les fesses de Marie.

— Allez, file te remettre au travail.

— Bien, Madame.

Elle avait besoin de se calmer, et elle s'installa dans la bibliothèque, se plongeant dans les livres, à la recherche d'informations. Même si elle connaissait l'histoire des bagues sur le bout des doigts, si elle avait déjà lu et relu tous les passages s'y rapportant, elle cherchait de nouveaux indices.
Elle avait besoin de savoir si ce qu'elle songeait à faire avait déjà été envisagé depuis l'origine des bagues.

Elle sursauta en sentant deux mains lourdes se poser sur ses épaules.

— Tu m'as fait peur !

— C'est que tu n'avais pas l'esprit tranquille !

69

— Arrête, c'est surtout que j'étais concentrée dans mes recherches.

— Ah ? Et quelles recherches ?

Elle referma son livre, se retourna et plongea son regard dans celui du Nordien. Elle était beaucoup plus petite que lui et pourtant, la force et l'intensité de son regard l'aurait mis à genoux si elle l'avait décidé.

— Avant que je ne t'en dise plus, tu ne devais pas m'expliquer aussi la longue histoire de Gunnveig?

— Je t'ai dit ce que je savais à son sujet.

— Comment savais-tu qu'elle faisait partie de l'une de ces familles ?

— Je l'ai appris un peu par hasard, je dois te l'avouer.

— Ah ?

— Il y a environ dix ans, je ne sais plus exactement, le père de Gunnveig est mort, assassiné traîtreusement par un rival qui voulait s'emparer de ses terres.

— Comme bon nombre de personnes importantes...

— Oui... Et lorsque j'ai appris cela, connaissant le commanditaire et n'ayant vraiment aucune affection pour lui, j'ai décidé d'aller rendre visite au nouveau Jarld. Je ne connaissais pas le père de Gunnveig et m'attendais à votre un de ses fils reprendre le flambeau.

— Tu as dû être surpris ?

— Pour sûr que je l'ai été en voyant une femme sur le trône, dans le grand hall de la ville. Et quelle femme ! Elle était ravissante. Remarque elle doit toujours l'être, non ?

— Oh oui ! Elle l'est toujours.

— Donc je me suis présenté et lorsqu'elle a vu ma bague, son sourire s'est figé quelques instants. Pas assez pour que les autres personnes autour de nous le remarque, mais suffisamment pour que je l'en aperçoive.

— Elle connaissait donc la signification ?

— C'est ce que j'ai pensé sur le moment, même si elle n'a parlé de rien de tout cela sur le moment et à fait comme si elle avait affaire avec n'importe quel visiteur qui lui rendait visite pour sa prise de pouvoir.

— Tu aurais pu mal interpréter sa réaction.

— C'est ce que je me suis dit aussi pendant ma visite. Jusqu'au moment où j'allais repartir et où je suis passé lui faire mes adieux. Elle m'a alors demandé de rester encore quelque temps, qu'il fallait qu'elle me parle, mais que pour l'instant, elle ne pouvait pas, car elle avait trop de choses à organiser suite à la mort de son père.

— Et bien sûr, tu es resté.

— Bien sûr, je n'allais pas refuser l'invitation d'une si gracieuse femme. Je suis donc resté quelques jours de plus, je n'avais rien d'urgent à régler chez moi et mon sénéchal se chargeait très bien des affaires courantes. J'ai attendu deux jours, à aller et venir dans sa ville, discutant avec certains marchands, m'intéressant à tout ce que je voyais. On aurait presque pu me prendre pour un espion tellement je glanais d'informations. Le soir du deuxième jour, alors que je buvais une bière dans une taverne, un homme est arrivé et m'a dit que sa Jarld souhaitait me voir. Je l'ai suivi, pensant trouver la Jarld dans la salle du grand hall où elle avait reçu, depuis qu'elle avait pris le pouvoir, tous ses invités.

— Et cela n'a pas été le cas ?

— Il m'a bien amené dans le grand hall, mais une fois dans la salle, j'ai été surpris de n'y trouver personne. Il m'a alors dit que sa Maîtresse voulait me voir en privé et qu'elle m'attendait dans ses appartements, à l'arrière de la salle et que je devais y aller seul.

— Tu n'as pas soupçonné un moment que l'on te tende un piège ?

— Non, si ça avait été le cas, elle aurait eu tout le loisir de le faire depuis que j'étais arrivé. J'ai donc traversé la salle, je suis passé derrière le trône, fait glisser la peau de renne qui servait de séparation entre la partie publique et la partie privée et je me suis retrouvé dans un petit vestibule. Les chandelles étaient allumées et les torches, accrochées aux murs, laissaient vaciller leurs ombres sur les murs.

— Une ambiance tout à la fois glauque, inquiétante et romantique aussi.

— Tout dépend du contexte dans lequel tu te places, mais pour moi ce n'était aucune de tes trois propositions. Ne voyant personne, j'ai traversé ce vestibule et me suis glissé sous une autre peau, me retrouvant nez à nez avec Gunnveig, allongée sur son lit, un livre entre les mains. Elle portait juste une tunique courte qui dévoilait ses jambes et ses cuisses. Elle était ravissante, ses longs cheveux blonds étaient défaits et tombaient de chaque côté de son cou.

— Une jolie image idyllique, je suis certaine que ça aurait fait bander n'importe quel homme... ou mouiller n'importe quelle femme qui aime cela.

— Rhoooo, tu ne changeras jamais ! Mais oui, elle m'a fait bander ainsi. Elle a refermé son livre lorsqu'elle m'a vu et s'est assise sur le bord de son lit, m'invitant à prendre place sur une chaise en face d'elle.

— Elle ne t'a même pas invitée à côté d'elle ?

— Non. Elle semblait dans un premier temps vouloir vraiment parler, même si sa tunique remontait vraiment haut sur ses cuisses et que j'avais une vue plongeante sur son intimité.

— Et bien sûr, tu t'es gênée pour regarder ?

— Pas le moins du monde, je n'allais pas me priver de cette vision. Elle a commencé par s'excuser pour ne pas avoir pu me recevoir plus tôt, m'expliquant de nouveau qu'avec la mort de son père, elle avait dû faire face rapidement à de nouvelles responsabilités, puis elle a continué en me demandant les raisons de ma venue, comme si elle en était un peu inquiète. Je l'ai rassuré en lui racontant que j'avais plus ou moins su qui avait commandité l'assassinat de son père et comme je n'avais aucune amitié pour le tueur, j'avais décidé de venir rendre visite à celui, car à l'époque je pensais que c'était un homme, qui prendrait la succession de son père.

— Et elle n'a pas été surprise ?

— Si un peu, surtout quand elle a regardé avec insistance ma bague. Et sans dire un mot, elle a ouvert de nouveau le livre qu'elle avait entre les mains et m'a montré une gravure de ma bague, elle a tourné quelques pages pour arriver sur la tienne, et une autre pour me montrer celle de A.

— D'où tenait-elle ce livre ?

— Je ne lui ai pas posé la question ainsi ! J'ai surtout attendu, écouté ce qu'elle avait à me dire à ce sujet. Et c'est là qu'elle m'a avoué, que ce livre lui avait été offert par son père lorsqu'elle était enfant. Que ce livre racontait l'histoire d'une confrérie, venue du Nord, qui s'était étendue dans tous les royaumes et qui de nos jours était devenue secrète.

Elle me cherchait à chaque phrase, regardant si je réagissais ou non à ses propos et comme je ne semblais pas trop remettre en cause ce qu'elle me disait, elle avait continué son histoire qui racontait qu'une autre société avait été créée quelque temps après et qui agissait en parallèle pour protéger la première. Une sorte de société secrète au service d'une autre société secrète. C'est du moins ce qu'elle avait pu comprendre et apprendre depuis qu'elle était toute jeune et que son père l'avait initiée. Elle faisait partie de cette autre société et devait protéger et servir la première.

— Et tu l'as laissé croire cela ?

— Disons que je n'avais pas trop le choix, car même si j'avais voulu nier, elle avait été éduquée ainsi, elle avait lu et relu ce livre, et à ce qu'elle m'a avoué d'autres aussi qui racontaient la même histoire.

— Tu aurais pu sourire et lui dire que c'était une belle histoire, qu'il y en avait d'autres, ainsi colportés par les troubadours et les ménestrels.

— C'est ce que tu as tenté de faire croire à Eléanor?

— En effet, mais elle était plus perspicace que je ne le pensais.

— Et bien Gunnveig aussi l'a été, si bien que j'ai écouté ce qu'elle me disait et lorsqu'elle a rouvert son livre à la page où figurait ma bague, elle m'a reformulé les vœux que ses ancêtres avaient faits aux nôtres, me jurant de veiller et de protéger toutes les familles de notre confrérie au péril de sa vie, de ses hommes et de sa patrie.

— Ce n'était pas un peu exagéré ?

— Tu as bien formulé les mêmes vœux si je me souviens bien ?

— Oui, mais c'était pour nous, pas pour d'autres.

— Gunnveig perpétuait la tradition de sa famille, de ses ancêtres et ne voulait pas y déroger.

— Il va pourtant falloir qu'elle y déroge un jour et qu'elle fasse un choix.

— Comment cela ?

— On parlera de cela plus tard, si tu le veux bien, et même si tu ne le veux pas d'ailleurs.

— Soit.

— Et elle était au courant du rôle, des us, des coutumes de notre société ?

— Le peu de questions que je lui ai posées à ce sujet a eu des réponses positives et je ne sais pas tout ce qu'elle sait, mais elle est au courant de bon nombre de nos pratiques.

— Ça ne m'étonne guère, vu la soirée.

— Quelle soirée ?

— Une soirée que j'ai passée avec elle cet été.

— Hum hum, raconte-moi.

— Non, finis ton histoire. Tu en as profité au moins ?

— Je ne saute pas sur tout ce qui bouge, je dois te le rappeler ?

— Non, mais là, elle ne bougeait pas et elle t'attendait !

— Alors oui, après avoir discuté et qu'elle m'ai dit tout ce qu'elle avait à me dire, j'ai simplement posé ma main sur sa cuisse dénudée, elle n'a opposé aucune résistance, au contraire, elle s'est laissée tomber sur le lit, me disant, en écartant ses cuisses, remontant sa tunique et dévoilant entièrement sa petite chatte, que je pouvais faire d'elle ce que je voulais.

— Tu en as bien profité au moins.

— Oui, mes doigts, ma queue, ma langue. Je l'ai léchée, doigtée, baisée jusqu'à ce qu'elle me vide les couilles, mon sperme inondant sa tunique.

— Tu ne l'as pas ensemencée ?

— Non, je n'avais aucune envie de risquer avoir un enfant avec elle, tu imagines les complications que cela aurait posées.

— Oui, mais elle ne serait pas forcément tombée enceinte comme ça.

— Il y avait quand même un risque.

— C'est vrai que les risques et toi...

— Ah non ! Tu ne peux pas dire cela après ce que je t'ai avoué au sujet de Morgane.

— Oui, c'est vrai, excuse-moi.

— Tu l'as trouvée bonne ?

— Béatrix ! ... Oui, très bonne.

— Moi aussi je l'ai trouvée très bonne.

— Comment ça ?

— Je te raconterai. Pour l'instant, j'aimerais te montrer quelque chose.

— Encore une trouvaille dans tes recherches littéraires ?

— Non, du tout.

La Baronne se leva, tendit la main à Aubin et l'invita à la prendre pour la suivre.

— Viens avec moi, fais-moi confiance, je ne vais pas te trucider.

— Tu aurais eu l'occasion de le faire depuis longtemps c'est ça ?

— Tout à fait.

Ils sortirent de la bibliothèque, Béatrix tenant la main d'Aubin et l'entrainant dans les couloirs jusqu'aux escaliers qui descendaient dans les soubassements du château

Un dédale de pièces, certaines servants de réserve à nourriture, d'autres contenants des vieilleries semblant dater de la nuit des temps, d'autres contenants des futs de vin ou de bière.

Ils arrivèrent devant une porte, elle semblait en chêne, rehaussée de nombreuses barres métalliques, à première vue, du fer forgé, noir qui donnait un aspect imprenable à cette porte.

Il n'y avait ni serrure ni poignée et lorsqu'Aubin le remarqua, il se demanda si la porte était vraiment fermée et s'ils ne devaient pas simplement la pousser pour qu'elle s'ouvre.

— À quoi penses-tu ?

— Que... soit nous n'avons juste qu'à pousser cette porte pour qu'elle s'ouvre, soit nous avons un sérieux problème pour la franchir.

La Baronne éclata de rire et mit quelques instants à se ressaisir.

— Aubin... Te rappelles-tu vraiment où nous sommes ?

— Oui, pourquoi ?

— Et où sommes-nous ?

— Dans les caves de ton château, non ?

— Et tu imagines que je ne peux pas circuler librement chez moi ?

— Non, c'est vrai.

-Alors, vas-y, pousse cette porte pour voir si elle s'ouvre facilement.

Le Nordien la regarda de toute sa hauteur et fit un pas vers la porte, posa sa main sur le bois et poussa. Il insista un peu, posant son épaule contre et poussant sans aucun autre succès.

— Allez, laisse-moi faire.

Béatrix s'approcha, tendit sa main et posa sa bague dans l'interstice de deux barres métalliques.
Quelques bruits se firent entendre puis plus rien.

— Essaye, maintenant.

Aubin poussa doucement la porte qui s'ouvrit sans opposer la moindre résistance. Un enfant de deux ans aurait pu la faire pivoter alors que quelques secondes auparavant, n'importe quelle armée se serait cassé les bras dessus.

— Pourquoi, cela ne m'étonne pas de toi?
— Parce que c'est moi, tout simplement.

Béatrix lui sourit.

— Allez, rentre, et viens visiter.

Ils avaient passé un long moment dans la pièce et en ressortirent en souriant et discutant de tout ce qu'ils y avaient vu. Aubin ne tarissait pas d'éloges.

— Tu n'as ni perdu ton temps ni tes envies.
— Je n'avais aucune raison à cela. Je suis simplement plus discrète à ce sujet que nos ancêtres l'ont été.
— C'était une autre époque.
— Crois-tu qu'un jour, nous pourrons revivre comme eux ?
— Pour nous, j'en doute, mais c'est un espoir que je garde pour nos générations futures.

Ils étaient remontés et avaient passé le reste de la journée à vaquer à diverses occupations, avaient échangé avec Eléanor.

Le repas du soir avait quelque peu été un peu plus arrosé que d'ordinaire, Aubin réservant Béatrix aussitôt que son verre était terminé et celle-ci faisant de même avec Eléanor.
Lorsque Marie était passée pour débarrasser la table, Béatrix en avait profité pour glisser une main sous sa robe, jusqu'à sa chatte et y avait enfilé un doigt. Elle l'avait ressorti et l'avait léché.

— Il faudra que tu penses à nous faire un repas à la sauce Marie, un de ces jours.
— Si c'est le désir de Madame, je pense juste qu'il n'y en aura pas assez pour tout le monde.
— C'est ce que nous verrons, et puis, inutile d'en faire de grandes quantités, ce qui compte c'est la qualité.
— Oui, Madame.

Marie repartait les bras chargés. Béatrix l'interpella avant qu'elle ne disparaisse dans le couloir.

— Marie !
— Oui, Madame ?
— Tu sais que ce n'est pas une tenue appropriée pour finir ton service !
— Surement, Madame, si vous le dites. Je vais faire en sorte d'être en tenue.
— Tu as intérêt.

Marie disparue et les conversations reprirent dans la salle à manger jusqu'à la réapparition de la jeune femme qui venait rechercher les quelques couverts qu'elle n'avait pu emporter la première fois.

Eléanor resta bouche bée en la voyant, Aubin eu un large sourire et la Baronne un air satisfait.

— Ma tenue vous convient-elle mieux ainsi, Madame ?

— Tu es parfaite ainsi, dépêche-toi de finir de débarrasser et reviens-nous voir.

— Bien, Madame.

Marie était réapparue entièrement nue, comme l'avait souhaité la Baronne. Eléanor s'était demandé pourquoi la jeune femme avait fait cela. Quant à Aubin, il savait pertinemment ce que Béatrix désirait faire, ou du moins, il en avait une grande idée, les voix de la Baronne étant souvent impénétrables.

— Elle a oublié de remettre sa tenue ?

— Eléanor, Eléanor... Cette tenue lui va mieux que toutes et c'est celle qui lui convient parfaitement pour être à mon service. Cela vous choque ?

— Choquée... ce n'est pas le mot, je dirais plutôt... surprise.

— Et j'espère que la surprise a été bonne.

— Oui, elle est ravissante et c'est un plaisir de la regarder.

— Et ce serait un plaisir de faire autre chose que de la regarder ?

— Comment cela ?

— Ma sœur... Ne soyez pas si prude, que pourriez-vous faire d'autre avec elle que de la regarder ?

— Elle n'est peut-être pas d'accord ? Il faudrait lui demander ?

— Si je suis d'accord, Marie est d'accord. Si j'ai une envie, elle fera ce qui est nécessaire pour la satisfaire.

— Vous ne vous avancez pas un peu ?

C'est ce moment que Marie choisit pour franchir la porte.

— Marie, stop.

La jeune femme s'arrêta net, attendant les ordres de sa Maîtresse.

— Tu sais que tu es une bonne petite chienne, Marie, alors viens te mettre à ta place.

La Baronne n'en dit pas plus et Marie se mit à quatre pattes, avança sur les dalles de pierre et vint se poser, à genoux, aux pieds de la Baronne.
Eléanor la regarda avancer jusqu'aux pieds de Béatrix.

— Bien, Marie. Et une bonne petite chienne ne sert que sa Maîtresse ?

— Non, Madame, bien sûr !

— Alors peut-être que nos invités voudraient voir comment une de mes petites chiennes a été éduquée ?

— Que voulez-vous de moi, Madame ?

— Que tu ailles jusqu'aux pieds d'Aubin et que tu l'honores comme tu le devrais.

Marie se retourna, se retrouva devant le Nordien, le regarda pour lui demander son assentiment. Aubin lança un regard à Béatrix qui lui fit un clin d'œil.

Il écarta légèrement les jambes et Marie vint se glisser entre.
Elle regarda sa Maîtresse qui ne bougea pas un cil.
Elle savait ce qu'elle devait faire.

— Puis-je, Monsieur ?

Marie n'eut pas de réponse, mais se retrouva avec le pantalon ouvert en face d'elle et la queue d'Aubin sortie et dressée devant elle.

— On dirait qu'elle ne te laisse pas de marbre dis-moi ?
— Comment voudrais-tu que je restes de marbre devant elle ?
— Elle ne va pas s'arrêter là ? N'est-ce pas Eléanor?

Eléanor se sentit prise à parti, elle n'aimait pas forcément cela. Être prise entre deux feux. Oh si ! À bien y repenser, elle avait aimé être prise entre deux feux, mais c'était une autre histoire et pour cette situation, elle ne savait plus trop quelle attitude adopter. Elle choisit pourtant de faire plaisir à la Baronne.

— Si vous avez envie qu'elle en fasse plus, je pense qu'elle le fera.

Marie n'avait pas écouté la discussion entre sa Maîtresse et son invitée, elle savait ce que sa Maîtresse désirait et elle avait remonté sa tête devant cette queue qui se dressait devant elle, avait sorti sa langue et l'avait léchée sur toute la longueur.
Elle avait posé ses lèvres sur le bout de son gland avant de les redescendre, avalant toute la tige de chair dure dans sa bouche.
Elle avait fait quelques allers-retours, serrant bien ses lèvres sur cette queue dressée devant elle.

— Elle suce bien ?

— Oui... On se demande où elle a appris.

— Ça... C'est un secret !

Marie continuait de sucer la queue du Nordien.

Béatrix regarda Eléanor qui commençait à gesticuler sur sa chaise, essayant de faire le moins de mouvement et le moins de bruit possible.

— Sa queue vous donne envie ?

— Heuuuuu... Oui.

— Alors pourquoi ne rejoignez-vous pas Marie ?

Eléanor ne réfléchit même pas, se leva de sa chaise, passa devant Béatrix et mit à genoux à côté de Marie, la regardant sucer la queue d'Aubin.

Marie était tellement concentrée sur sa tâche, qu'elle n'avait pas vu Eléanor à côté d'elle.

— Marie ?

Elle arrêta de sucer, tourna la tête vers la Baronne.

— Oui, Madame ?

— Laisse Eléanor profiter de notre invité et viens t'occuper de moi.

— Oui, Madame, avec plaisir.

La jeune femme recula, laissant la queue du Nordien s'échapper de sa bouche. Elle ne fut pas libre longtemps puisqu'Eléanor s'en empara aussitôt, la coinçant entre ses lèvres et s'en occupant comme elle avait appris à le faire.

Ce n'était pas parce qu'elle avait été élevée dans un couvent, comme elle l'avait expliqué à Béatrix, qu'elle était encore chaste et pure.

Elle avala la queue d'Aubin et commença à la sucer.

Marie s'était reculée et était revenue aux pieds de sa Maîtresse.

La Baronne avait écarté les jambes et la jeune femme s'était glissée sous la robe de Béatrix, sa tête disparaissant sous les tissus.

Béatrix avait attendu quelques minutes, regardant Eléanor sucer la queue du Nordien avant de faire une simple remarque.

— Elle te suce bien ?

Aubin avait mis quelques secondes à répondre, perdu dans ses pensées et surtout accaparé par cette bouche qui allait et venait sur sa queue.

— Il y a eu mieux... Mais il y a surtout eu pire.
— Il faut lui donner des cours ?
— Pour l'instant... mmm ... non, ça devrait aller.
— Tu en es sur ?
— On peut toujours progresser.
— Alors nous verrons cela plus tard...

La Baronne retint son souffle quelques instants.

— Marie...
— Oui, Madame ?
— Tu sais bien que je t'ai toujours dis d'aller doucement.
— Oui, Madame, veuillez me pardonner.
— Ne chercherais-tu pas une punition ?
— Oh non, Madame, loin de moi cette idée.

Eléanor avait tendu l'oreille et même si elle continuait à profiter du sexe d'Aubin entre ses lèvres, elle voulait savoir ce qui poussait Marie à être ainsi.

— Est-ce que notre bonne petite salope continue à bien te sucer ?
— Oui, ne t'inquiète pas, elle le fait bien.
— Elle a intérêt, je n'invite pas n'importe qui chez moi.

La Baronne avait relevé sa robe, Marie était à genoux entre ses cuisses, passait sa langue sur ses lèvres, sur son bouton gonflé. Elle savait que sa Maîtresse n'arrêterait pas son investigation là et qu'elle en voudrait encore plus d'elle.
Marie releva les yeux. Béatrix la regarda, imaginant ce dont elle avait envie.
Elle releva sa robe, la fit glisser jusqu'au-dessus de ses épaules et la retira pour la donner à Marie qui la posa sur le dossier d'une des chaises de la salle à manger.

— Et Eléanor ne devrait pas être comme nous ?
— Je ne sais pas, Madame.
— Ce n'était pas une question, Marie.

La jeune femme fit demi-tour et se retourna vers la sœur, fit glisser sa robe sombre jusque sur ses hanches.
N'observant aucune résistance, elle continua et lui fit passer le tissu en haut de ses épaules, puis par-dessus sa tête et la posa à côté de celle de la Baronne.
Eléanor était nue devant ces trois personnes qu'elle connaissait depuis si peu de temps. Elle n'aurait jamais imaginé quelques jours auparavant pouvoir se mettre nue devant elles. Elle l'était pourtant maintenant.

— Occupe-toi de notre invitée pendant qu'elle suce Aubin

Marie n'avait même pas répondu et une fois la robe d'Eléanor posée sur le dossier de la chaise, elle s'était empressée de glisser ses doigts entre les fesses de la sœur, de titiller son petit cul, de les laisser aller un peu plus bas et de s'enfoncer dans sa chatte.
Eléanor s'était laissée doigter par Marie, elle avait senti les doigts la fouiller pendant qu'elle suçait la queue d'Aubin.
Elle l'avait pompée au rythme des doigts de Marie.
Béatrix regardait la scène, les jambes largement écartées, un pied posé sur une chaise et l'autre sur le dos de Marie. Ses doigts s'activaient entre ses lèvres, sur son clitoris.
Eléanor pompait la queue du Nordien, essayant de la prendre entièrement dans sa bouche, elle gémissait en même temps pendant que Marie fouillait sa chatte avec ses doigts et s'insinuait dans son cul avec un autre doigt.

— Tu crois que notre petite salope d'invitée va jouir sous tes doigts ?
— Je ne sais pas, Madame. J'espère oui, ce serait triste qu'elle n'y arrive pas.
— Et ce serait dommage aussi pour toi, ça voudrait dire que tu ne t'y prends pas bien.
— Alors je vais faire tout mon possible, Madame. Je ne mérite pas de punition pour cela, vous savez très bien que je sais m'occuper d'une petite chatte.
— Oui, je le sais, mais tu connais les règles.
— Oui, Madame.

Eléanor essayait d'écouter la conversation alors qu'elle sentait qu'elle allait jouir. Elle suçait et branlait la queue d'Aubin de plus en plus vite tandis que Marie accélérait les mouvements de ses doigts sur son bouton qui était prêt à exploser.

Elle ondulait sous les doigts de Marie qui s'appliquait de plus en plus, ayant trouvé les endroits où ses caresses procuraient le plus de sensations.

La respiration du Nordien s'était aussi accélérée et Béatrix le regardait fermer les yeux. Sans rien dire ni prévenir, il se vida en longs jets de sperme dans la bouche d'Eléanor. Celle-ci voulut reculer, mais les mains du Nordien furent plus rapides et il la pressa pour qu'elle garde sa queue en bouche pendant qu'il finissait de se vider.

Marie en profita pour insérer un deuxième doigt dans le cul de la sœur et le lima doucement, tout en continuant ses caresses sur son clitoris et dans sa chatte.

Eléanor ne résista pas longtemps à ce traitement et explosa, prise de soubresauts trahissant sa jouissance.

La Baronne attendit quelques secondes une fois qu'Eléanor se fut calmée.

— Une petite salope qui a bien joui, et une petite chienne qui a échappé à une punition. C'est une très bonne nuit qui nous attend.

Aubin la regarda.

— Et une bonne queue qui s'est bien vidée.

Aubin sourit à cette remarque.

— Il ne reste que moi à ne pas avoir joui.

— Oui, Madame.

— Viens là petite chienne.

Béatrix montrait sa chatte à Marie qui se retourna et vint poser sa langue entre les lèvres trempées.

— Et la petite salope veut venir aussi lécher ? Quand elle aura lâché son bâton.

Eléanor réalisa que c'était d'elle dont on parlait. Elle leva les yeux vers Aubin dont les mains lâchèrent sa tête.

Un petit geste et un acquiescement dans le regard du Nordien confortèrent la sœur à se retourner et à venir rejoindre Marie entre les jambes de la Baronne.

La jeune femme lui céda la place et Eléanor glissa sa langue entre les lèvres de Béatrix.

Grisée par son orgasme et le gout de la mouille de la Baronne, elle se mit à lécher, pressant sa langue pour écarter les lèvres, remontant sur le clitoris, le titillant du bout de la langue avant de la redescendre et d'aller puiser à la source du nectar qui l'enivrait.

Béatrix avait commencé à gémir sous les coups de langue d'Eléanor. Marie était toujours à genoux devant elle et lui caressait les seins, les malaxant doucement pendant que la respiration de sa Maîtresse s'accélérait.

La Baronne regardait Aubin tandis que Marie s'occupait de ses seins et Eléanor de sa chatte. Elle se retenait, elle aurait été capable de jouir rapidement.

Ce n'était pas la langue d'Eléanor qui l'aurait faite jouir, mais la situation, retrouver son ancien amant, qu'il la regarde, comme il la regardait, des années auparavant, qu'il se délecte de son plaisir et qu'elle en prenne encore plus aux vues de la situation. La Baronne attrapa Marie par les cheveux et l'attira pour coller son oreille près de sa bouche.

— J'ai envie de jouer, vraiment jouer.

Marie savait ce que cela signifiait.
— Avec qui, Maîtresse ?
— Avec toi, pour l'instant. Elle n'est pas encore prête.
— Oh ! Vous pensez me remplacer ?
— Je n'y ai jamais pensé, ma petite chienne. Il faut simplement savoir profiter de ce qui se présente à nous.
— Votre petite chienne fera comme bon vous semble, Madame.
— Je n'en attendais pas moins de toi.
— Merci, Madame.
— Alors, un orgasme pour lui faire plaisir et ensuite nous irons nous amuser.
— Oh oui, Madame.

Aubin avait observé la scène et lorsque son regard croisa celui de Béatrix, elle lui fit un clin d'œil qu'il comprit.

Eléanor, quant à elle, était toujours en train de lécher et ne se doutait pas de ce qui se tramait.
Béatrix ferma les yeux et se laissa aller sous les mains de Marie sur ses seins et la langue d'Eléanor sur sa chatte.

Elle se laissa gagner par ces ondes de plaisir, ne les retenant pas, profitant de chaque légère secousse qui grimpait en elle, jusqu'à ce qu'elle explose totalement et se lâche sur la bouche d'Eléanor. Elle se sentit couler et ne se retint pas, laissant sa mouille inonder la bouche d'Eléanor. Elle avait coincé sa tête entre ses jambes pendant toute la durée de son orgasme, la privant presque de respiration, mais ce n'était pas son problème.

Elle relâcha la pression lorsqu'elle fut redescendue et qu'elle reprit ses esprits.

— Tu es une bonne petite salope qui sait bien sucer et lécher à première vue. On pourra sans doute faire quelque chose de toi.

Eléanor ne sut que répondre sinon un

— Oui, Madame.

La Baronne attira de nouveau Marie vers sa bouche et l'embrassa langoureusement avant de lui chuchoter à l'oreille.
— Va la recoucher, il se fait tard et elle a besoin de se reposer. Mais ne tarde pas trop et retrouve-nous à la cave.

Marie prit quelques secondes avant de répondre.

— Bien, Maîtresse, je vais le faire... Nous ?
— Aubin et moi, quelle question !
— Oui, c'était évident, désolée de l'avoir posée, Madame.
— Tu as encore beaucoup de choses à apprendre, ma petite chienne.
— Oui, je sais, Madame.

— Mais tu apprends vite et tu es pleine de bonne volonté.

— Merci, Maîtresse.

— Maintenant, file. Ramène-la dans sa chambre, elle n'est pas prête à en voir plus et toi, par contre, reviens vite.

— Oui, Maîtresse.

— Tu peux profiter un peu d'elle si tu en as envie.

— J'en ai profité, Maîtresse.

— À toi de voir ce que tu préfères. Elle ne restera pas indéfiniment, j'en suis persuadée.

— Je vous préfère, Madame.

Sur cette dernière parole, Marie se releva et se pencha vers Eléanor qui était toujours agenouillée entre les jambes de la Baronne.

— Viens, il est l'heure d'aller se coucher.

N'attendant pas sa réponse, elle lui prit le bras et la fit se relever et l'entraina vers la porte.
Eléanor eut juste le temps de lancer un

— Merci pour tout et bonne fin de soirée... Bonne nuit, Madame, Monsieur.

Et elle disparut, entrainée par Marie.

La Baronne avait toujours les jambes écartées et lança un regard au Nordien.
Il ne sembla pas le saisir.

— Tu veux venir en profiter ou il faut que je t'envoie un pigeon voyageur pour t'inviter ?

Il regarda la Baronne.

— Parce que j'ai besoin d'une autorisation ?
— Tu en as besoin, comme tout le monde, tout Aubin que tu es !

Le Nordien se leva de sa chaise, s'approcha de la Baronne et se mit à genou devant elle.

— Et tu crois que tu vas me faire jouir de nouveau, simplement en me regardant ?
— En te regardant t'amuser, oui !
— Et j'ai besoin de toi pour cela ?
— Non, tu t'es passée de moi pendant de nombreuses années.
— Et je pourrais m'en passer encore longtemps.
— Je n'en doute pas... Alors ?

La Baronne se redressa, les cuisses toujours largement écartées et sa petite chatte à la vue du Nordien. Elle se leva de sa chaise.

— Tu es toujours autant fatigué ?
— Tout dépend pour quoi.
— Pour te faire vider une nouvelle fois ?
— Il va me falloir quelques instants pour ça.
— Tu as le temps que Marie prendra avec Eléanor, plus celui que nous prendrons pour descendre à la cave.

Aubin réfléchit quelques secondes et ne tarda pas à répondre.

— Combien de temps pour Marie ?
— Le temps qu'elle prendra.

— Ce n'est pas une réponse, Béatrix.

— Et tu crois que ta question en était une ?

— Oui, c'était une question, et j'attendais une réponse.

— Une réponse qui peut être tout et rien. Ne te fais pas de soucis, ma petite chienne reviendra.

— Je l'espère

— Parce que tu as envie qu'elle te suce ? Tu as envie de la baiser ? De lui remplir son petit cul ?

— Si je ne te connaissais pas, je croyais que tu veux me l'offrir... Et pour répondre à toutes tes questions, je vais te dire oui.

Béatrix lui sourit et passa sa main sur la queue qui se redressa à son contact.

— Tu as l'air beaucoup moins fatigué.

— Tu sais y faire pour me redonner du tonus.

Ils éclatèrent de rire et la Baronne le branla doucement, laissant sa main aller et venir sur toute la longueur de la tige de chair. Elle lui caressa les couilles de son autre main. Elle pressait la queue entre ses doigts, décalottait bien son gland à chaque passage et le titillait du bout de ses ongles.

Elle accéléra un peu son mouvement tout en continuant de malaxer les couilles qu'elle sentait gonflées

— Toujours aussi dur que dans mes souvenirs.

— Je ne vois pas pourquoi je changerais.

— C'est vrai, et c'est toujours un régal de l'avoir en main.

— Et tu ne veux pas l'avoir ailleurs ?

Béatrix arrêta de le branler, gardant ses doigts bien serrés sur cette queue.

— Dans ma bouche par exemple ?
— Par exemple, oui.
— Et bien non, pas ce soir. Tu vas être occupé et je ne voudrais pas que Marie pense que tu ne lui fais pas d'effet.
— Ne t'inquiète pas pour Marie.

La Baronne relâcha sa pression et retira sa main.

— Je t'ai dit non.
— Comme tu veux. De toute manière, c'est toi qui décides.
— Tout à fait. Il y a certaines choses que tu n'as pas oubliées.
— Et maintenant ?

Béatrix lui prit la main et le fit se lever.

- Descendons, je ne voudrais pas que Marie nous attende.

Renaissance

Tout le château était sur le pied de guerre depuis le matin. La Baronne avait reçu un nouveau message la veille, lui annonçant que Morgane arriverait le lendemain, et que si tout allait bien, elle serait là pour déjeuner.

Béatrix réglait les derniers détails, donnait ses dernières instructions.

Marie lui avait redit que tout se passerait bien et Eléanor et Aubin l'avaient aussi rassurée.

Elle n'arrivait pas à se calmer et s'en voulait d'être ainsi, elle qui maîtrisait toujours les situations, elle devait bien avouer que tout ce qu'elle pouvait mettre en place intérieurement ne fonctionnait pas. Elle avait essayé toutes les techniques qu'elle avait apprises depuis des années, depuis le début de son initiation, mais aucune ne semblait fonctionner.

Elle espérait ne pas rester dans cet état une fois que Morgane serait là.

Elle prit Aubin à part et l'entraina dans la bibliothèque.

    — Il faut que je te parle.

    — Que se passe-t-il ?

    — Je n'arrive pas à me calmer, je suis sur les nerfs depuis quelques jours et rien n'y fait.

    — Et un orgasme ?

    — Oh ! Arrête ! Tu penses bien que c'est la première chose que j'ai essayée.

    — Et ça n'a pas marché ?

    — Sur le moment si, mais ça n'a pas duré. Je ne vais pas passer mes journées et mes nuits à jouir... Même si ce pourrait être un joyeux programme.

    — C'est sûr ! Et tu as mis en pratique tout ce que tu as appris ?

    — Oui, et rien n'y fait.

— Alors il faut peut-être que tu n'essayes rien, que tu laisses venir. Il ne reste plus longtemps avant que notre fille n'arrive.

— Au fait, nous n'en avons pas parlé, mais est-elle au courant que tu es son père ?

— Non.

— Il va falloir lui dire.

— S'il te plait, pas tout de suite. Elle va déjà retrouver sa mère et ensuite nous verrons.

— Tu as peur qu'elle te saute dans les bras en t'appelant papa ?

— Non, ce n'est pas du tout ça. J'aimerais, au contraire, qu'elle le fasse, mais je veux juste lui épargner trop d'émotions en une seule journée.

— Si elle tient de nous deux, elle ne devrait pas avoir de difficulté à surmonter cela.

— Comme tu es en train de me le prouver en ce moment même ?

— Mais arrête un peu. Tu sais bien que ce n'est pas pareil.

— Ah ! Et en quoi est-ce différent ?

— Je la croyais morte.

— Allez, si tu veux.

— Mais vivement qu'elle arrive, je ne vais plus tenir comme ça longtemps.

— Tu vas y arriver, tu es forte. Une des plus fortes parmi nous, alors il n'y a pas de raison.

— Des fois, j'en doute.

— Tu n'as pas à douter.

Aubin la prit dans ses bras, la serra contre lui et lui chuchota à l'oreille.

— Tu sais bien que je serai toujours là.

— Oui, je le sais et merci pour cela.

Le Nordien relâcha son étreinte et la Baronne se recula quelque peu, lui souriant.

— Merci vraiment d'être là et d'avoir fait tout ce que tu as fait pour Morgane.

— J'en ai fait certainement plus du fait que c'était aussi ma fille.

— Il faut qu'on y retourne, tout doit être parfait pour son arrivée.

— Tout le sera.

Ils ressortirent de la bibliothèque. Aubin s'arrêta quelques pas plus loin.

— Tu ne penses pas lui montrer la cave tout de suite ?

— Non, je vais attendre un peu même si Marie a dû tout ranger et astiquer comme de coutume.

Le vent glacial s'était remis à souffler et la Baronne avait regagné la grande salle où Eléanor et Marie discutaient, assises près de la cheminée qui essayait de réchauffer la pièce.

— La pauvre petite va vite regretter son Sud.

— Vous serez là pour lui faire oublier, Madame. Et vous savez très bien que l'on adopte votre domaine aussitôt que l'on y a posé les pieds.

— Marie, tout dépend d'où l'on vient.

— Ne vous inquiétez pas, Madame, même dans le Sud, il nous arrive d'avoir du mauvais temps.

— Sans doute moins qu'ici. Eléanor, vous pensez que tout est parfait pour son arrivée ?

— Oui, Madame, elle va être surprise. Et en bien, j'en suis persuadée.

Béatrix attrapa un verre sur la table et le remplit de vin.

— À cette journée, cette rencontre et ces retrouvailles !

— À vous et Morgane, Madame !

— Merci à vous tous d'être présents.

— C'est normal que nous soyons là, Madame.

Un bruit attira venant de l'extérieur attira leur attention et quelques secondes après, Alfrid arriva en courant et tout essoufflé parvint à bredouiller.

— Madame... Elle est arrivée.

La Baronne posa instantanément son verre sur la table et se retourna vers ses amis.

— Que faites-vous encore là ? Nous devrions tous déjà être dans la cour pour l'accueillir.

Elle sortit de la grande salle presque en courant, n'attendant aucune réponse de leur part.

Elle dévala les escaliers et arriva en haut des escaliers qui donnaient sur la cour au moment où Morgane descendait de la calèche.

Elle la regarda descendre. Morgane portait une robe longue, bleue marine, ses cheveux blonds tombaient de chaque côté de son visage dont les yeux scrutaient chaque centimètre qu'ils pouvaient observer. Elle se fixa pourtant en voyant Béatrix en haut des escaliers.

Eléanor arriva quelques instants après la Baronne et Morgane se sentit soulagée en la voyant.

Elle n'hésita pas une seule seconde et se dirigea vers elle.

— Bonjour, je suis ravie de te revoir.
— Bonjour Morgane, moi aussi, je suis ravie de te revoir. Le voyage s'est bien passé ?
— Ça a été. Dans l'ensemble, si l'on oublie les ivrognes et les morts de faim qui voulaient me sauter dessus. C'est le lot de toute femme désirable.

Eléanor prit la main de Morgane, se retourna et avança de quelques pas jusqu'au bas des escaliers où se trouvait Béatrix.

— Morgane... Il faut que je te présente quelqu'un qui tient à toi.
— Je sais qui peut tenir à moi, à part toi.

Morgane gravit les quelques marches qui la séparaient de la Baronne.

— Dois-je vous appeler Madame ou bien mère ?

Béatrix fut prise de cours par cette question et mit quelques secondes à trouver la réponse adéquate.

— Comme tu en as envie. C'est ton choix et toi seule sais ce dont tu as envie.

— Alors... Mère.

La Baronne ne sut quoi répondre et attendit quelques secondes.

Eléanor en profita pour assommer Morgane de questions et les deux femmes discutèrent tandis qu'Alfrid et Gerold s'occupaient de décharger les malles de la calèche.

Morgane suivit la Baronne lorsque celle-ci l'invita à rentrer.

— Tu as sans doute faim ? Soif ?

— Je ne dirais pas non ni pour l'un ni pour l'autre.

— Très bien... Marie, apporte-nous donc quelque chose pour nous remplir l'estomac avant de déjeuner.

— Bien, Madame.

Marie partit en direction des cuisines tandis que Béatrix entrainait Morgane suivit d'Eléanor et Aubin vers la grande salle.

Ils s'installèrent sur les fauteuils, près de la cheminée et Marie ne tarda pas à revenir, accompagnée d'une autre servante et portant toutes les deux des plateaux ainsi que des carafes de vin. Elles déposèrent le tout sur les deux coffres encadrant la cheminée et servir le vin.

— Merci... Marie, si tu veux tu peux rester.

— J'ai encore quelques tâches à terminer, Madame, mais ensuite, oui, ce sera avec plaisir.

— Alors, dépêche-toi !

Les deux servantes s'éclipsèrent laissant le petit groupe.

Morgane était assaillie de questions venant de toutes les bouches. Même Aubin n'arrêtait plus, ayant été présenté comme un ami de la Baronne, ce qui était en soi le cas.

Les différents amuse-gueules furent dévorés rapidement et les deux carafes vidées aussi.

— Si tu es un peu mieux, je vais te faire visiter le château. Pour le domaine, nous aurons le temps ensuite. Qu'en dis-tu ?

— Excellente idée.

Béatrix se leva et prit Morgane par la main, et traversa avec elle la grande salle, se retourna avant de franchir la porte.

— Ne profitez pas de notre absence pour faire des bêtises.

Tous éclatèrent de rire. Aubin et Eléanor encore plus fort que Béatrix et Morgane, car depuis que la sœur avait sucé le Nordien, elle avait envie de sentir sa queue en elle, qu'il la remplisse par tous les trous. Et c'est vrai qu'elle n'avait pas non plus été seule assez longtemps avec lui pour en profiter.

Béatrix entraina Morgane dans les dédales du château, lui montrant la moindre pièce, lui expliquant l'histoire de chaque objet, s'attardant sur les petits secrets de certaines pièces.

Elles restèrent un peu plus longtemps dans la chambre qui devait être celle de la jeune fille.

— Est-ce qu'elle te convient ?

— Oh oui ! Elle est parfaite.

Morgane s'appuya sur la rambarde de la fenêtre et regarda au travers. Elle laissa son regard aller de la cour où elle était arrivée jusqu'aux lointaines montagnes.

— La vue est vraiment splendide, ça me change du couvent où l'on ne voyait que les arbres et le mur d'enceinte.
— Oui, c'est vrai que je ne me lasse jamais de cette vue.

Morgane se retourna et faisant face à Béatrix s'approcha de quelques pas.

— Mère ?
— Oui ?
— Je peux vous poser une question ?
— Oui, vas-y.
— Votre ami le Nordien... Aubin, c'est bien ça ?
— Oui c'est son prénom.
— Je l'ai déjà rencontré.
— Je sais, il me l'a raconté.
— Et comment se fait-il qu'il ne vous ait rien dit plus tôt sur notre rencontre ?
— C'est une longue histoire, ma fille, mais je te la raconterai un jour.
— J'ai tellement de choses à apprendre sur et de vous.
— Nous aurons tout le temps, nous le prendrons.

La Baronne fit un tour de la chambre, vérifiant que les affaires de la jeune fille avaient bien été installées.

— Tes affaires ont été installées. Si tu manques de quelque chose n'hésite pas, tu n'as qu'à demander. Je ne suis pas une des plus fortunées du royaume, mais je n'ai pas à me plaindre et j'arrive toujours à avoir ce que je veux.

— C'est ce que j'ai cru comprendre, surtout que votre époux est mort. J'aurais aimé connaitre aussi mon père.

La Baronne eut un petit temps de réflexion et de silence.

— Je m'en doute, je m'en doute.

— Il vous manque ?

— Qui ?

— Mon père.

— Parfois, mais j'ai appris à vivre sans lui.

Béatrix regarda à son tour par la fenêtre puis se retourna.

— Tu veux peut-être te changer et passer d'autres vêtements que ceux que tu as depuis ton départ ?

— Oui, mais je n'ai pas grand-chose.

— Nous nous occuperons de cela demain.

La Baronne s'appuya sur la rambarde et regarda Morgane ouvrir les armoires et fouiller dans les quelques vêtements.

La jeune fille sortit un chemisier et une jupe longue et les déposa sur le grand lit. Elle déboutonna le haut de sa robe qui tomba sur ses hanches.

Béatrix la regardait et ni l'une ni l'autre ne semblait gênée. La jeune femme continua de défaire sa robe et, lorsqu'elle se pencha, pour la faire glisser jusque sur ses pieds et la ramasser, elle offrit une superbe vue sur ses fesses à Béatrix.

— Tu es vraiment ravissante.

— Merci, j'essaye de prendre soin de moi.

— Et cela semble réussir. Tu dois en faire tourner des têtes.

Morgane sourit avant de répondre.

— Et pas que des têtes.

— Je n'en doute pas.

Béatrix s'approcha du lit, et s'assit dessus.

— Viens voir là.

Morgane s'approcha, nue devant la Baronne.

— Je peux ?

Béatrix n'avait pas attendu la réponse et avait posé ses deux mains sur les seins de la jeune fille.

— Ils sont parfaits, juste la bonne taille.

— Merci, mère.

Béatrix remonta une main sur le cou de la jeune fille tandis que l'autre descendit sur son ventre. Morgane frissonnait au contact des doigts de sa mère.

— Allez, habille-toi, tu risques de prendre froid et de tomber malade.

— Oui...

— Et ce serait vraiment dommage pour ton arrivée.

La Baronne la regarda reculer un peu, enfiler le chemisier blanc et le boutonner sur le devant puis passer cette jupe longue de couleur rouge sombre. Elle enfila ensuite une paire de bottes noires.

— Tu es parfaite ainsi, vraiment parfaite ! Tu ne veux pas prendre un châle ?
— Je peux toujours, je n'ai pas trop l'habitude d'avoir cette température.
— Tu vas vite t'y faire.

Morgane suivit Béatrix à l'extérieur de la chambre. Elles firent le tour des étages, visitant les différentes pièces et s'arrêtant aussi dans la chambre de la Baronne. Morgane s'extasia encore une fois sur la vue qu'offraient les fenêtres de la chambre de sa mère.

— Ce sera plus joli en fin d'hiver, lorsque tout sera recouvert de neige, ou au printemps lorsque les prairies seront en fleur.

Elles regagnèrent le rez-de-chaussée. Béatrix présentait sa fille à chaque serviteur qu'elle croisait, ne tarant pas d'éloges sur elle. Elles visitèrent la bibliothèque, les cuisines, les petits salons, la salle d'armes, la salle des gardes. Béatrix voulait que se fille connaisse tout du château et qu'elle ne se sente pas perdue, même si elle savait que ce n'était pas évident la première fois.
Elles étaient même descendues dans les caves, avaient fait un petit détour par les geôles inoccupées depuis bien longtemps.
La seule porte qu'elles n'avaient pas ouverte était celle fermée par la bague de la Baronne.

Elles étaient passées devant et lorsque Morgane avait regardé, l'air interrogateur, Béatrix lui avait répondu qu'elle pourrait surement y aller, mais que le moment n'était pas encore venu. Morgane avait accepté la réponse, sans en être vraiment satisfaite. Sa curiosité avait été émoussée et elle trouverait bien un moyen d'y pénétrer si sa mère tardait ou ne voulait pas la laisser entrer.

Elles firent aussi le tour de la cour, visitant les écuries et les hangars, les remises et les greniers, le four ainsi que les logements de ses serviteurs et de ses gardes.
Et lorsque la visite fut terminée, elles retournèrent à la grande salle où Eléanor, Aubin et Marie les attendaient, un verre à la main, en train de discuter.

— Alors, la visite a été fructueuse ?
— Oui, très intéressante, c'est magnifique.
— C'est sûr que ça n'a rien de comparable avec le couvent.
— C'est vrai.

Aubin s'inquiéta un peu du temps qu'elles avaient passé à faire la visite.

— Vous avez tout visité ?
— Oui.
— Même les caves ?
— Oui, nous nous sommes même aventurées dans les geôles, mais heureusement, il n'y a plus personne depuis des années aux dires de mère.

Aubin éclata de rire et Marie ne put résister aussi.

— Il n'y a plus personne oui depuis très longtemps et le dernier qui y a séjourné n'est pas resté très longtemps. Tu apprendras que ta mère règle ses problèmes d'une tout autre manière qu'en mettant les gens en prison.

— Ah ?

Béatrix intervint, voulant éviter que la discussion ne dérape.

— Tu verras, oui. Et tu apprendras aussi, mais pour le moment, cette visite m'a ouvert l'appétit.

Marie n'attendit même pas que sa Maîtresse lui fasse une remarque et se leva aussitôt qu'elle eut fini sa phrase et sortit de la grande salle.

— J'espère que la nourriture locale te conviendra.

— Je ne suis pas difficile.

— Surement, mais il y a quand même de grosses différences par rapport à ton Sud.

Deux servantes apportèrent les plats qu'elles déposèrent sur la grande table, elles y déposèrent aussi quelques couteaux avant de repartir.

La Baronne s'installa sur la chaise avec le dossier haut située en bout de table et tous prirent place de chaque côté de la table.

— Tu sais que tu devrais t'assoir à l'autre bout de la table, si l'on veut respecter les us et coutumes.

Morgane recula sa chaise et allait se lever quand elle fut interrompue par Béatrix.

— Cependant, tu es mieux près de moi, nous pourrons parler plus facilement.

— Oui, merci, mère.

Béatrix avait vraiment du mal lorsque Morgane l'appelait "mère". Elle aurait presque préféré Madame. Elle avait beaucoup plus l'habitude, ou encore Maîtresse, mais elle aurait surement trouvé cela peut convenable.

L'après-midi se passa entre promenades dans le château et petite visite du bourg qui était aux pieds de la colline. Les habitants étaient habitués à voir la Baronne venir parmi eux, mais surtout au printemps ou en été, c'était rare l'hiver qu'elle sorte du château sans réelle occasion.

Eléanor avait préféré rester au château avec Marie, essayant de préparer une recette sudiste pour le repas du soir.
Elle pestait en cuisine, ne trouvant pas les ingrédients nécessaires et essayant de les remplacer par des condiments locaux.

La Baronne, Morgane et Aubin s'étaient arrêtés à la taverne, Alfrid et Gerold en avaient aussi profité pour vider quelques chopes de bière.
De nombreuses personnes, artisans, paysans, commerçants étaient venus rendre hommage à la fille de la Baronne.
Elle avait pourtant précisé en entrant dans la taverne que ce n'était qu'une visite de courtoisie et que la présentation officielle serait faite ultérieurement.

Réjouissances

Morgane prenait ses marques au château et sa bonne humeur ainsi que sa gentillesse l'avait rendue populaire parmi les serviteurs de sa mère.

La Baronne lui avait même assigné une servante particulière, et Morgane avait dans un premier temps voulu refuser, mais face à l'insistance de sa mère, elle s'y était résolue. Elle avait pris rapidement gout à avoir Isaure lorsqu'elle avait besoin de quelque chose, et ces premiers temps, elle avait souvent besoin d'aide. Elle n'avait pas assimilé tout ce que sa mère lui avait montré concernant ses besoins de tous les jours, elle cherchait encore certains objets, certaines pièces et en cela, Isaure lui était d'un grand secours.

Béatrix l'avait choisie, car elle n'était guère plus âgée que Morgane.

Sa mère avait été à son service et était morte après l'avoir mise au monde. C'était peu de temps avant les épreuves que Béatrix avait subies avec la naissance de Morgane. Elle avait eu pitié de cette enfant et l'avait fait élever au château et depuis qu'Isaure était en âge, elle servait la Baronne du mieux qu'elle le pouvait.

Morgane avait laissé sa mère dans la bibliothèque pour aller lire, dans la grande salle, accompagnée d'Eléanor. Béatrix lui avait expliqué qu'elle avait quelques recherches à terminer dans de vieux manuscrits et qu'elle les rejoindrait lorsqu'elle aurait terminé.

Marie était venue l'interrompre.

— Qu'est-ce qui se passe, Marie ?

— Rien de grave, Madame. J'avais simplement une question à vous poser.

— Et bien, vas-y, pose-la.

— Cela fait trois jours que Morgane est parmi nous.

— Oui et ?

— La nouvelle va commencer à se répandre hors du domaine, Madame.

— Et il va falloir que j'officialise la chose ?

— Je ne pensais pas forcément à cela, Madame.

— Alors à quoi ? Allez dis-moi ce que tu as à dire.

— Vous ne pensez pas qu'il serait bon d'envoyer un message à Margaux ?

— Oui, tu as raison. Je vais le faire.

La Baronne se leva et se dirigea vers le petit secrétaire près de la fenêtre, prit une plume et un morceau de parchemin vierge. Elle griffonna quelques lignes avant de rouler le parchemin et d'y apposer son sceau. Elle finalisa le cachet avec l'empreinte de sa bague, même si elle savait ne pas être obligée, elle s'était dit que cette signature pourrait garder le parchemin à l'abri de certains regards.

Elle le tendit à Marie.

— Va le donner à Alfrid, qu'il le fasse parvenir le plus rapidement possible à Margaux.

— Bien, Madame, j'y vais de ce pas.

Marie s'empressa de transmettre le parchemin à Alfrid, laissant sa Maîtresse dans ses recherches.

Deux messages arrivèrent en fin de journée, l'un en pigeon et l'autre porté par un messager à cheval.

Le premier venait du Sud et demandait le retour d'Eléanor au couvent, des événements importants s'étaient produits et elle devait être présente le plus rapidement possible.

Le cavalier avait remis le deuxième à Aubin. Un message de son sénéchal l'informant qu'il y avait quelques des tentatives de raids barbares aux frontières de son domaine et qu'il serait préférable qu'il rentre de toute urgence pour gérer ce problème. Aubin en avait informé la Baronne et avait fait sceller un cheval pour partir le plus rapidement possible. Il avait quand même passé quelques instants seuls avec Béatrix.

— Prends soin de notre fille.
— Oui, ne t'inquiète pas pour elle. Tout se passera bien, ce n'est pas toi qui me l'as déjà dit ?
— Si c'est vrai. J'aurais vraiment voulu rester.
— Nous avons tous des obligations auxquelles nous ne pouvons déroger.
— Je reviendrai et je n'attendrai pas quinze ans cette fois-ci.
— Tu as intérêt, sinon c'est moi qui irai te chercher, et crois-moi que tu ne vas pas apprécier, ou pas d'ailleurs.

Elle lui avait fait un large sourire en terminant sa dernière phrase.

— Juste une chose avec Morgane.
— Oui, laquelle ?
— Ne lui dis pas que je suis son père, je voudrais lui annoncer quand ce sera le moment.
— Très bien, je respecte ton choix.
— Merci, Béatrix.

Il avait posé ses lèvres sur les siennes et embrassée avant de se retirer et de faire ses adieux à Morgane, Eléanor et Marie.

Toutes les quatre l'avaient regardé franchir le portail et le pont-levis et étaient rentrées lorsque la herse et la porte s'étaient refermées, le faisant disparaitre de leur vue.

— Je partirai demain matin, si cela vous convient ?
— Il n'y a pas de soucis, je vais faire le nécessaire pour que vos affaires soient prêtes et envoyer chercher une calèche, à moins que vous ne préfériez voyager à cheval et que l'on fasse suivre vos affaires ensuite ?
— Je partirai à cheval, et ce ne sont pas les deux besaces d'habits qui vont ralentir ma monture.
— Très bien.

Morgane avait passé la fin de journée avec Eléanor, Béatrix et Marie avaient quant à elles disparu, laissant les deux amies profiter des derniers instants ensemble.

La Baronne en avait profité pour passer du temps à la cave, Marie l'avait accompagnée un long moment. Personne n'avait su ce qu'elles avaient fait, mais lorsqu'elles étaient réapparues, elles avaient l'air radieuses.

Eléanor et Morgane étaient revenues dans la grande salle, après avoir passé du temps dans la chambre de Morgane.
Béatrix les y avait retrouvées, laissant Marie retourner à ses tâches.
La Baronne avait fait servir du vin et elle trinqua de nouveau, avec la sœur et sa fille, à ces retrouvailles.

Les conversations allaient bon train, et lorsqu'Eléanor s'excusa pour aller prendre un bain, demandant si Isaure pourrait le lui faire couler. Morgane avait, bien sûr, répondu que oui et Eléanor s'était absentée, partie à la recherche d'Isaure.

— Il faut que je te parle de quelqu'un.

— Ah ? Et de qui donc ?

— D'une personne qui m'est très chère.

— Et de qui s'agit-il ?

— Elle s'appelle Margaux et s'est absentée pour régler quelques affaires auprès de mon suzerain.

— Vous devez vraiment lui faire confiance si elle gère vos affaires.

— Oui, et je dois t'avouer qu'elle a remplacé la fille que j'avais perdue.

— Et que vous avez désormais retrouvée.

— Tout à fait.

— Mais il ne faut pas vous inquiéter, mère. Je ne prendrais pas la place de Margaux. Je ne suis pas faite pour la politique et les affaires.

— C'est ce que tu penses, du moins pour la politique et les affaires. Il faut apprendre et tu en as les capacités. Quand à Margaux, j'espère que tu pourras la considérer comme ta sœur.

— Je l'espère aussi. Mais je dois vous avouer quelque chose.

— Oui ?

— J'ai toujours rêvé d'avoir une sœur.

— Alors, je vais croiser les doigts pour que Margaux et toi soyez deux sœurs fusionnelles.

— Moi aussi, mère. Et après ce que vous m'avez dit d'elle, vu la confiance que vous lui portez, nous devrions bien nous entendre.

— Il y a certaines choses que tu devras apprendre d'elle.

— Ah ? Et quelles choses ?

— La politique par exemple.

— J'essayerai, mère.

— Et d'autres choses encore que je lui aie appris et qu'il te faudra apprendre.

— J'ai toujours été douée pour les études.

Celles-ci vont être quelque peu particulières et ne correspondront certainement pas à tout ce que tu as pu étudier jusqu'à présent.

— J'ai hâte de commencer alors.

— Margaux devrait rentrer d'ici quelques jours, tu pourras en discuter avec elle.

— Et si vous commenciez à m'apprendre ce que vous vouliez m'enseigner ?

Béatrix recula de quelques pas et regarda Morgane. Elle lui ressemblait tellement, elle se revoyait en elle lorsqu'elle avait son âge. Elle avait cette soif de connaissance, cette envie d'apprendre qu'elle retrouvait en Morgane depuis qu'elle l'avait vue, depuis qu'elle l'avait retrouvée.

Elle avait commencé à transmettre son savoir et ses connaissances à Margaux. Elle ferait de même avec Morgane. Toutes les deux étaient douées, Béatrix le sentait, elle le savait au plus profond d'elle-même.

— Il va falloir que tu sois digne de mon enseignement, même si tu es ma fille.

— J'en serai digne.

— Il va falloir, je ne plaisante pas avec mon enseignement.

— Je n'en doute pas.

— Les premières choses que tu vas devoir apprendre se trouvent dans la bibliothèque.

— Encore des livres ?

— Les livres contiennent notre histoire et sont les gardiens de notre savoir. Il ne faut pas les dénigrer.

— Je ne les dénigre pas, j'attendais seulement d'autres... apprentissages.

— Il faut connaitre les bases avant d'aller plus en avant.

— Alors, enseignez-moi ces bases.

— Tu vas passer du temps dans la bibliothèque, il me semble, et ensuite nous continuerons ensemble.

— J'ai hâte de commencer.

— Il y a une chose que tu dois retenir, c'est que l'on n'étudie pas le ventre vide ! Tu n'as pas faim ?

Béatrix finit son verre de vin en attendant la réponse de Morgane.

— Un peu si, je dois l'avouer.

— Bien, et qu'est ce qui te ferait plaisir ?

— Je ne sais pas trop.

— Et bien, dans ce cas, allons voir ce que Marie peut nous préparer.

Béatrix se leva et sortit, suivie de Morgane, pour se rendre aux cuisines.

Marie n'y était pas et lorsqu'elle s'en inquiéta auprès d'une autre servante, elle apprit qu'elle était descendue à la cave chercher du vin et quelques aliments qui s'y trouvaient. Elle ne devrait pas tarder.

La Baronne en profita pour questionner Morgane sur les différents aliments qu'elle aimerait déguster.

Marie réapparue, les bras chargés et s'inquiéta de trouver sa Maîtresse avec Morgane dans la cuisine.

— Il vous faut quelque chose, Madame ?
— Du vin pour commencer, et quelque chose de plus solide ensuite.
— Je vais voir ce que l'on peut faire, Madame.

Marie fouilla dans les placards et les buffets et en sortit de la charcuterie et quelques condiments.

— Cela vous ira-t-il, Madame ?
— Avec quelques tranches de pain, ça ira.
— Je vous apporte tout cela dans la grande salle ?
— Oui, je veux bien.

Elles retournèrent dans la grande salle et n'attendirent pas Eléanor pour commencer à se rassasier.

Elles avaient largement entamé les charcuteries et le pain lorsque la sœur fit son apparition.

— Un long bain chaud avec Isaure ?
— Un bon bain chaud oui ...
— Ne me dites pas que vous n'en avez pas profité ?

Eléanor ne savait pas quoi répondre. Elle avait profité certes, du bain chaud pour se détendre, mais aussi d'Isaure, de ses mains et de sa langue.

La jeune fille n'avait semblé ni choquée ni surprise lorsque la sœur lui avait demandé de masser ses épaules. Elle lui avait ensuite pris les mains pour les passer sur ses seins et les laisser les malaxer doucement.

La jeune fille avait alors pris quelques initiatives en collant sa bouche sur la nuque d'Eléanor pendant qu'elle prenait bien ses seins en main. Eléanor lui avait fait descendre une main plus bas, sur son ventre, puis entre ses cuisses qu'elle avait écartées outrageusement pour laisser libre accès aux doigts investigateurs qui avaient commencé à lui caresser le clitoris, s'étaient ensuite enfoncés entre ses lèvres et l'avait fait jouir au bout de quelques minutes.

Elle ne pouvait pas mentir à Béatrix, car si celle-ci allait demander à Isaure, la jeune fille avouerait tout à sa Maîtresse, c'était certain.

— J'en ai profité, oui, en effet.
— Est-elle aussi bonne que Marie ?

Morgane écoutait, plus ou moins surprise, mais aucunement choquée. Elle avait eu le temps, pendant son voyage, d'apprendre certaines choses sur sa mère et celle qui revenait le plus souvent à ses oreilles était la vie de débauche et de luxure qu'elle menait. Elle se doutait que les rumeurs amplifiaient les faits et qu'elles étaient émises par des personnes qui n'appréciaient pas la Baronne, mais comme pour tout, il devait certainement y avoir une part de vérité.

Morgane commençait à admirer en cela sa mère.

Cette liberté de penser et d'agir, de ne pas se faire enchaîner dans le carcan des traditions qui avait placé la femme bien en dessous de l'homme, et qui avait relégué les actes sexuels aux simples coïts de reproduction. Sa mère était à l'opposé de tout cela et Morgane l'admirait pour cela.

— Disons qu'elles sont différentes toutes les deux.
— Et si vous deviez faire un choix entre les deux ?
— Comment ça, un choix ?
— Si l'une devait vivre et l'autre mourir ?
— Mais... Vous ne pouvez pas me demander d'en faire mourir une des deux, c'est inhumain !
— Je vous repose la question. Si l'une devait vivre et l'autre mourir, qui choisiriez-vous ?
— Ce n'est pas un choix... Isaure est encore jeune et mérite de vivre.
— Donc Marie devrait mourir ?
— Oh non ! Elle est tellement attentionnée et ...
— Et ?
— Dévouée et elle s'y tellement s'y prendre.
— Donc Isaure ou Marie ?
— Je ne peux pas décider de cela !
— En effet, ce n'est pas à vous de décider. Et je n'ai aucune intention de perdre l'une ou l'autre, soyez rassurée.

Eléanor poussa un soupir de soulagement.
Béatrix lui tendit la charcuterie et le pain, ainsi qu'un verre de vin.

— Vos petites galipettes ont dû vous ouvrir l'appétit.
— Merci, Madame.

Morgane sourit intérieurement en revivant la scène à laquelle elle venait d'assister. Sa mère avait touché un point sensible chez la sœur qui lui était inconnu malgré les nombreuses années passées à ses côtés.

Les trois femmes avaient éclaté de rire en trinquant.
Elles avaient fini les deux plateaux de charcuterie et leur vin.
Marie avait fait quelques incursions pour voir si tout se passait bien et lorsqu'elle revint une dernière fois et que tout était vide, elle s'en inquiétait quelque peu.

— Vous désirez autre chose, Madame ? Vous avez encore faim ?
— Pour ma part, j'aurais plutôt soif., que faim. Vous avez encore faim ?

Morgane regarda sa mère avant de répondre.

— Je prendrais bien un peu de fromage s'il y en a.
— Marie va nous rapporter cela, n'est-ce pas Marie ?
— Bien sûr, Madame.

Marie repartit et revint quelques minutes plus tard avec un plateau chargé de fromage, une grande carafe de vin blanc et une miche de pain.
Elle se tourna vers Morgane et lui demanda, tout en posant le plateau.

— Il faudra que vous me disiez ce que vous aimez et ce que vous n'aimez pas, que je ne fasse pas d'impair sur les repas, Mademoiselle.

— Je n'y manquerai pas, mais pour l'instant, tout ce que j'ai
mangé est délicieux.

— Merci, Mademoiselle.

Marie attendit de nouvelles instructions, debout près de
Béatrix, droite, les mains croisées dans le dos, les jambes
légèrement écartées. Cette position d'attente n'échappa à
Morgane.

— Ça devrait aller pour le moment, merci, Marie. Mais
reste là, tu as l'air bien ainsi.

— Oui, Madame. Si tel est votre désir.

Morgane regardait Marie, immobile, tout en dévorant un
morceau de fromage qu'elle venait de couper.

— Il est vraiment délicieux, beaucoup plus que le meilleur
fromage que l'on pouvait avoir au couvent, n'est pas
Eléanor ?

— Oui, tout est meilleur qu'au couvent ici, enfin tout ce
que j'ai pu gouter.

— Il va falloir que tu reviennes très vite alors.

— Je vais essayer.

Béatrix savait que Morgane se passerait difficilement de
l'absence d'Eléanor. Elle avait été un peu comme la mère
qu'elle n'avait pas eu et Béatrix ne voulait surtout pas couper
cette relation, cela aurait été dramatique pour Morgane.

— Vous serez toujours la bienvenue. Et rappelez-vous ce
que je vous ai dit le lendemain de votre arrivée, dans la
bibliothèque. Si vous l'avez oublié, moi non.

— Je n'ai rien oublié, rassurez-vous.

Morgane voulait jouer sa petite curieuse, même si elle se doutait que ce qui avait été dit devait rester entre les deux femmes, sinon, sa mère l'aurait exprimé clairement.

— Et de quoi avez-vous parlé ?
— Du fait qu'elle ne devait pas t'abandonner pour prétexte que tu m'avais retrouvée, car sinon, elle pourrait directement faire ses prières pour aller retrouver son Dieu. N'est-ce pas, ma sœur ?
— C'est bien ça. Et j'ai promis de revenir, je ne suis pas prête à rejoindre notre seigneur !

Morgane lui sourit en avalant son morceau de fromage.
— Si tu veux passer la soirée avec Eléanor, il n'y a pas de souci, pour ma part, je ne vais pas tarder à aller me coucher. La journée de demain s'annonce chargée.
— Ah ? Et qu'y a-t-il donc demain ?
— Tu verras.

La Baronne se leva de sa chaise, déposa un baiser sur le front de Morgane, salua Eléanor et chuchota à l'oreille de Marie de faire faire ses corvées par d'autres domestiques et de la rejoindre dans sa chambre avec Isaure. Marie avait acquiescé d'un léger mouvement de tête et Béatrix s'était retirée.

Tout en parcourant les couloirs et les escaliers qui menaient à sa chambre, elle réfléchissait. Elle essayait d'imaginer l'éducation de Morgane. Elle ne pouvait pas agir comme on avait agi avec elle, ou comme elle l'avait fait avec Margaux.

Le contexte était totalement différent. Il fallait qu'elle trouve un moyen de la faire basculer en douceur avant de la faire plonger dans son éducation.

Elle était certaine qu'elle n'aurait aucune difficulté dans son apprentissage, ce qu'elle avait vu et entendu de sa part depuis son arrivée lui avait enlevé les quelques doutes qu'elle avait pu avoir.

Elle avait refermé la porte de sa chambre, avait laissé glisser au sol sa robe et s'était retrouvée nue au milieu de cette pièce. Elle s'était approchée du grand miroir accroché au mur et s'était regardée.

Elle avait laissé ses mains passer sur sa peau, observant le moindre détail. Pourquoi avait-elle cette sensation d'avoir pris de l'âge ? Elle se réconforta en se regardant, se disant qu'elle était toujours la même et que de toute manière, elle plaisait toujours autant, peut-être même plus qu'il y a quelques années. Elle se détourna du miroir, se dirigea vers son lit et s'y laissa tomber.

— Il faut que je trouve ce déclic pour Morgane. Ce déclic que je n'ai pas eu à chercher pour Margaux puisqu'il s'est déclenché de lui-même.

Elle fut interrompue dans ses réflexions par quelques légers coups sur la porte.

— Tu peux rentrer, Marie.

La jeune femme ouvrit la porte et entra dans la chambre, suivi d'Isaure.

Béatrix ne se retourna même pas pour les voir et continua de parler.

— Isaure, tu sais surement pourquoi tu es là ?

— Il y a de nombreuses possibilités, Madame.

— Et lesquelles envisages-tu ?

— Toutes celles que vous voudrez et qui vous feront plaisir, Maîtresse.

Béatrix écarta légèrement les jambes.

— Et si vous commenciez par vous déshabiller et que vous me rejoigniez toutes les deux ?

Elles répondirent toutes les deux, en cœur.

— Oui, Maîtresse.

Leurs robes tombèrent rapidement. Marie prit soin de les ramasser, ainsi que celle de Béatrix qui était au sol, et les posa sur le dossier d'une chaise. Isaure la regarda faire, se disant qu'elle aurait pu aussi faire de même et qu'elle devrait y penser si elle se retrouvait seule avec la Baronne.

Elles s'allongèrent sur le lit, chacune d'un côté de Béatrix.

La Baronne attendait, perdue dans ses pensées à la fois lubriques et sérieuses. Elle avait besoin de faire le vide et elle savait comment elle pourrait le faire.

Elle releva les fesses, les cuisses toujours écartées.

Sans qu'elle n'ait à prononcer une parole, Marie se redressa, se leva du lit et se mit à genoux au pied, entre les jambes de sa Maîtresse. Elle posa ses mains sur les chevilles de Béatrix et approcha sa bouche de ses fesses.

La Baronne tendit encore plus le cul lorsqu'elle sentit le souffle de Marie sur ses fesses.

La langue de la jeune femme passa sur la raie, descendit jusqu'au petit trou et commença à le lécher.

Isaure était toujours couchée à côté de la Baronne et ne savait pas trop ce qu'elle devait faire. Elle était partagée entre l'envie de participer et la crainte de le faire.

— Tu vas rester là à regarder ?

— Que voulez-vous de moi, Maîtresse ?

— Tu pourrais t'occuper de ma chatte pendant que Marie s'occupe de mon cul, non ?

— Avec plaisir, Maîtresse. Vous préférez mes doigts ou ma langue ?

— Ta langue, bien sûr, ma petite salope.

Marie eut quelques secondes d'arrêt en entendant cette phrase. Elle savait pourtant qu'elle n'avait aucune crainte à avoir, que tant qu'elle s'occuperait de sa Maîtresse comme elle le faisait, elle ne craignait pas d'être renvoyée. Mais entendre ce "ma" pour une autre lui faisait toujours quelque chose. Peut-être une pointe de jalousie ? Elle n'en avait pourtant aucune raison, elle avait été éduquée pour sa Maîtresse et son plaisir et savait qu'elle pouvait prendre celui-ci ailleurs.

Isaure se glissa sous Béatrix et coinça sa tête entre ses cuisses. Elle pouvait voir les seins de Marie juste en face de ses yeux, ses seins qui bougeaient en rythme avec les coups de langue qu'elle donnait sur la rondelle de leur Maîtresse.

Isaure tendit la sienne et la glissa entre les lèvres de Béatrix.

Celle-ci commença à gémir et à onduler sous les coups de langue de Marie et les premières léchouilles d'Isaure la firent gémir encore plus. Elle se sentit encouragée par les bruits de sa Maîtresse et continuait.

Ce n'était pas la première fois qu'elle glissait sa langue entre les lèvres de sa Maîtresse, elle espérait que ce ne soit pas la dernière, car elle aimait ça depuis qu'elle l'avait découvert. Elle aimait le gout de sa Maîtresse, la sentir couler sur sa langue.

— Lèche-moi bien petite salope !

Isaure passait sa langue entre les lèvres, remontait sur le clitoris de sa Maîtresse.

— Et tu aussi, n'arrête pas avec mon petit trou.

Marie ne comptait pas arrêter, sa langue léchait, essayait de s'enfoncer, mouillait et écartait le plus qu'elle pouvait le petit cul de sa Maîtresse. Elle la voyait s'ouvrir pour elle, s'ouvrit sous la langue d'Isaure dont la langue écartait bien ses lèvres.
Elle sursauta lorsque les mains d'Isaure se posèrent sur ses seins. Marie ne s'attendait pas à cela. Isaure aurait dû s'occuper de leur Maîtresse, pas d'elle.
Elle lâcha les chevilles de la Baronne et prit les mains d'Isaure dans les siennes pour les enlever de ses seins et les glisser sur le ventre de sa Maîtresse. Elle ne pouvait pas atteindre les seins de Béatrix, mais guida Isaure pour qu'elle y aille. C'est ce que fit la jeune fille en posant ses doigts sur les tétons tendus de la Baronne.
Béatrix gémissait et râlait de plus en plus fort.

— Ne vous arrêtez pas, mes petites salopes, c'est trop bon de sentir vos langues et vos doigts !

Béatrix ondulait sous les deux langues, elle plaquait sa chatte sur celle d'Isaure et se relevait un peu pour que ce soit celle de Marie qui se colle à son cul. Ses tétons pointaient et elle frémissait sous les doigts qui les pinçaient et les tiraient.

Ses râles devenaient de plus en plus forts, remplissaient sa chambre. Ses deux petites salopes n'arrêtaient pas, elles léchaient tant qu'elles pouvaient, se régalaient de la mouille de leur Maîtresse.
Marie enfonça un doigt dans son cul en même temps qu'Isaure enfonçait le sien dans la chatte de Béatrix.
La Baronne était aux anges, elle sentait les deux doigts en elle, elle les sentait se frotter l'un contre l'autre au travers d'elle. Elle n'allait pas tarder à jouir si ses deux petites salopes continuaient ainsi.
Elle se laissait aller. Les deux langues faisaient monter son plaisir, les deux doigts qui la fouillaient accentuaient cette montée.

— Ne vous arrêtez pas, mes petites salopes, vous allez me faire jouir

Marie faisait aller et venir son doigt dans le cul de sa Maîtresse, le léchant à chaque fois qu'il ressortait.
Isaure se délectait de la mouille de la Baronne, elle léchait et la doigtait, cherchant ces points qui faisaient encore plus mouiller sa Maîtresse. Elle avait beau être jeune, elle apprenait vite et avait du talent pour les langues.

— Oh oui !!!!

Béatrix se crispa et resserra les jambes instinctivement sur la tête d'Isaure. Marie la sentit se contracter et bloquer son doigt avec son cul.

Elles pouvaient, toutes les deux, sentir les contractions de plaisir de leur Maîtresse et lorsque son orgasme fut passé, elle desserra les cuisses, laissa Isaure de nouveau libre.

Ses deux petites salopes retirèrent leurs doigts et les nettoyèrent de leurs langues.

— Merci, mes petites chiennes. Je ne me lasse pas de vos langues, c'est toujours un plaisir.

— Merci à vous, Maîtresse.

Isaure retira sa tête et s'allongea à côté de Béatrix qui se laissa tomber sur le lit, avachie, la tête dans les coussins. Marie s'allongea aussi de l'autre côté de la Baronne.

Béatrix et Isaure s'endormirent les premières, Marie tira la couverture sur elles trois et plongea dans un profond sommeil à son tour.

Eléanor et Morgane avaient passé un long moment dans la grande salle, à se rappeler comment elles étaient arrivées ici et ce qu'elles envisageaient pour la suite. Eléanor allait repartir le lendemain, mais avait promis à Morgane de revenir rapidement. Elle pourrait peut-être trouver un compromis en se faisant affecter à un couvent proche du château, ou peut-être mieux, directement à la chapelle du château.

Morgane ne comptait pas repartir, elle avait adopté le château et se sentait proche de sa mère, comme si elle avait vécu avec elle depuis sa tendre enfance.

Elles avaient pris leurs verres et étaient montées dans la chambre de Morgane. Elle était plus spacieuse que celle d'Eléanor et c'est pour cela qu'elles l'avaient choisie.
Elles avaient continué leurs conversations, allongées sur le lit.

— Je peux te demander une faveur ce soir ?
— Demande toujours, si je veux, je le ferai.
— Eh bien, tu pars demain.
— Oui, mais je reviendrai vite, enfin le plus vite possible.
— Alors, reste avec moi cette nuit.
— Si cela te fait plaisir, je resterai avec toi.

Morgane se leva du lit et fit glisser sa robe à terre. Elle était nue devant Eléanor, toujours allongée sur le lit.
Elle tourna sur elle-même et se replaça devant la sœur.
— Je te plais toujours autant ?

Eléanor se redressa sur ses coudes et écarta ses jambes.

— Tu me plais toujours autant, oui.
— Alors, montre-le-moi !
— Viens là.

Morgane s'approcha du lit et se mit à genoux, se glissant entre les jambes ouvertes d'Eléanor.
Elle releva la robe de la sœur et glissa sa tête entre ses cuisses.
— J'espère que tu aimes toujours ma langue ?
— Et pourquoi ne l'aimerais-je plus ?
— Des fois que tu en aies découvert de meilleures depuis que tu y as goûté.
— Elle est parfaite, tu le sais, tu es douée pour cela et pour beaucoup d'autres choses encore.

Morgane posa sa langue entre les lèvres d'Eléanor et commença à la lécher, la faisant mouiller, elle aimait le gout de sa mouille.

Tout en léchant, Morgane se souvenait des fois précédentes où sa langue s'était glissée entre les lèvres de la sœur, qu'elle l'avait fait jouir et qu'ensuite, les rôles s'étaient inversés et qu'elle avait explosée sous la langue et les doigts d'Eléanor.

Eléanor releva sa robe, la fit glisser par-dessus ses épaules et se retrouva nue, également, offerte pour la langue et les doigts de Morgane.

Elle avait deviné son potentiel quelques années auparavant, lorsque Morgane avait commencé à être fécondable.

Depuis ce temps, elles avaient passé de nombreux moments ensemble et certains avaient été beaucoup plus chauds qu'ils n'auraient dû.

— Continue de me lécher, tu le fais bien, même très bien.

Morgane continua avec sa langue, allant et venant entre les lèvres qui mouillaient de plus en plus, remontant sur son clitoris gonflé. Elle le léchait, le mordillait, le suçait comme elle l'aurait fait d'une petite queue. Eléanor gémissait de plus en plus, elle se sentait partir sous la langue de sa protégée.

— Continue, tu vas me faire jouir rapidement !

Morgane s'appliqua encore plus sur le bouton d'Eléanor, elle le pinçait entre ses lèvres et la sœur gémissait de plus en plus. Morgane savait qu'elle n'allait pas tarder à jouir. Elle connaissait les réactions d'Eléanor par cœur.

Elle continua de lécher, de téter son petit bouton. Eléanor gémissait de plus en plus fort, se cambrait, laissait son plaisir monter en elle.

Elle le sentait de plus en plus, les contractions devinrent plus longues, plus amples lorsqu'Eléanor explosa sur la langue de Morgane.

La sœur mit quelques minutes à se remettre, Morgane l'embrassait à pleine bouche et ses mains parcouraient la peau d'Eléanor. Elle la renversa sur le lit et vint se coller au-dessus de la jeune fille. Elle glissa sa bouche sur son cou, sur ses seins, les titilla, agaça les tétons qui pointaient, continua son trajet sur le ventre, le nombril, et plongea entre les cuisses de Morgane pour s'occuper à son tour de son petit bouton. La jeune fille était trempée, excitée autant par la langue d'Eléanor qui titillait son clitoris que par les souvenirs de sa tête entre les cuisses de la sœur. Sa langue passait entre ses lèvres puis remontait sur son bouton qu'elle aspirait doucement, le mordillant parfois du bout des dents, Morgane gémissait, se cambrait, ondulait sous la bouche qui ne cessait de faire monter son plaisir. Juste cette langue, Eléanor avait les mains posées sur les cuisses écartées, qui n'allait pas tarder à la faire jouir.

Cela faisait trop longtemps qu'elle n'avait pas senti ces douces vibrations irradier dans tout son corps.

Depuis qu'elle avait découvert les plaisirs sexuels, elle devait avouer qu'elle en profitait à chaque fois qu'elle le pouvait. Mais depuis qu'elle était partie du couvent, elle n'avait pas eu l'occasion de se faire caresser, baiser, ni même de se masturber. Elle avait, à chaque fois qu'elle en avait eu envie, été dérangée et n'avait jamais pu se faire jouir, tout au pire, elle avait réussi à se faire mouiller comme elle aimait.

Elle savait que ce soir, elle y arriverait et peut-être plusieurs fois si Eléanor le voulait bien.

— Oh oui ! Continue comme ça. Ça fait trop longtemps !

Eléanor accéléra ses mouvements, Morgane avait une main dans ses cheveux et lui appuyait la tête contre sa fente, son autre main caressait ses seins.

Elle gémissait de plus en plus fort, sa respiration s'était accélérée et ses ondulations de bassin prenaient de plus en plus d'amplitude.

— Oh Ouiiiii ! Je jouissss, c'est trop bon !

Morgane explosa sous la langue d'Eléanor et retomba comme une masse sur le lit une fois les secousses passées.

— Mmm … Ça faisait trop longtemps, merci !

— Tout le plaisir était pour moi, ma belle. J'espère que tu n'oublieras pas ma langue ici.

— Comment pourrais-je l'oublier ?

— Tu en trouveras surement d'autres aussi bonnes que la mienne.

— Peut-être, mais ce n'est pas une raison pour oublier la tienne !

— Tu es trop gentille.

— Viens te coucher près de moi, il faut que l'on dorme, il est déjà tard et tu as une longue route demain.

— Oui, tu as raison.

Eléanor se glissa sous les draps et les couvertures et se colla à Morgane.

Elles passèrent la nuit ainsi jusqu'à leur réveil.

Retrouvailles

Eléanor s'était réveillée avant Morgane, elle avait fait le moins de bruit qu'elle pouvait en se levant et en sortant de la chambre, évitant de réveiller la jeune fille.

Elle pensait qu'elle serait la première levée, mais c'était sans compter sur Béatrix qui, elle aurait dû commencer à le savoir, dormait peu.

Elle la trouva assise dans la cuisine, face à une tasse et quelques tranches de pain.

- J'espère que vous avez bien dormi ! En, même temps vous pourrez redormir quelques instants durant le voyage.

— Oui, même si je n'aime pas cela.

— Morgane dort toujours ?

— Comment le saurais-je ?

— Simplement parce que vous avez passé la nuit toutes les deux.

— Oui, c'est vrai. Je ne vous demande pas comment vous l'avez su ?

— Je sais tout ce qui se passe chez moi.

— Et ça ne vous gêne pas plus que cela de savoir que j'ai dormi avec votre fille ?

— Ce qui m'aurait vraiment gêné, c'est que vous n'ayez pas fait jouir.

— Vous êtes vraiment …

— Vraiment ?

— Indéfinissable. Presque toute mère aurait explosé de colère, mais vous non, au contraire, même, vous semblez ravie.

— Je le suis ! Si Morgane est heureuse, c'est le principal, et le sexe, lorsqu'il est bien fait, peut rendre bien plus heureux que n'importe quelle autre chose.

— Peut-être pas plus que tout ?

— Oh si, j'en suis certaine ! Il faudra que je vous montre lorsque vous reviendrez, et peut-être que ce sera Morgane qui vous montrera.

— Je ne vais pas revenir avant quelques mois.

— Alors j'aurai le temps de lui apprendre beaucoup de choses.

Leur conversation fut interrompue par l'arrivée de Marie et d'Isaure.

— Bonjour, Madame.

— Bonjour, mes petites salopes. Vous avez fini de préparer les affaires d'Eléanor ?

— Oui, Madame. Tout est prêt, comme vous le souhaitiez.

— Merci.

Béatrix se retourna vers la sœur, celle-ci n'avait été ni choquée ni surprise en l'entendant appeler ses servantes « mes petites salopes », elle commençait à avoir l'habitude.

— Bien, toutes vos affaires sont prêtes, j'ai pris la liberté d'y en ajouter quelques-unes qui pourraient vous être utiles au couvent.

— J'espère que mon cheval pourra tout porter !

— Ce ne sont que quelques petites choses, rien de vraiment encombrant ni lourd.

— Je vais aller voir tout ça.

— À ne déballer que lorsque vous serez arrivée, pas avant, faites-m'en la promesse.

— C'est promis, Madame.

Eléanor se retira, laissant les trois femmes dans la cuisine.

Morgane les rejoignit quelques instants après le départ de la sœur.

— Bonjour, j'espère que tu as bien dormi ?
— Oui, très bien, mère. Et vous ?
— Très bien aussi. Eléanor est partie finir de préparer ses affaires. Que veux-tu déjeuner ?
— Comme les autres jours, c'était parfait.

Isaure servit Morgane qui se régala des tranches de charcuterie et du fromage frais, le tout avec une grande tranche de pain.

— Marie, tu ne veux pas aller aider Eléanor avec ses paquetages ?
— Bien sûr, j'y vais tout de suite, Madame.

Marie partit rejoindre Eléanor.

— Je vais voir si Alfrid a préparé son cheval. Pas de bêtise toutes les deux !

Béatrix quitta la cuisine en lançant un grand sourire à Morgane et Isaure et se dirigea vers les écuries.
Elle y trouva Alfrid en train de terminer de préparer la monture de la sœur.
Comme l'avait demandé la Baronne, il avait mis la selle de la sœur sur un des étalons de la Baronne, meilleur coursier que celui avec lequel elle était arrivée au château, ce qui lui permettrait de voyager plus rapidement et plus agréablement, son cheval resterait aux écuries du château.

— As-tu bien vérifié les sangles ?

— Oui, Madame. Comme si c'était pour vous.

— Bien, assure-toi que tout soit prêt rapidement, je ne pense pas qu'Eléanor s'attarde trop ce matin.

— Bien, Madame.

Béatrix quitta les écuries, remonta dans son bureau, s'installa, prit une feuille de parchemin et sa plume.

Elle griffonna quelques lettres sur la feuille blanche, enleva sa bague de son doigt, en trempa l'extrémité dans l'encrier et l'apposa au bas de la feuille.

Elle roula le parchemin et le noua avec un des petits cordons rouges servants à cela et elle trempa sa bague dans le bol d'eau qu'elle gardait toujours à disposition afin de la nettoyer, et la remit à son doigt.

Elle détestait ces moments, même succincts, où elle s'en séparait. Elle le faisait toujours avec une certaine anxiété.

Même si le contexte avait été différent, elle avait eu un ressenti équivalent lorsqu'elle avait laissé sa bague à l'auberge, le jour où elle avait rencontré Gunnveig, et malgré les apparences qu'elle avait pu donner, elle s'était sentie très mal en la quittant. Ne plus l'avoir sur elle était un peu comme se sentir entièrement à la merci de tout le mal qui pouvait s'abattre sur elle. Elle savait très bien, au fond d'elle que ce n'était qu'une bague, et que ce n'était pas cela qui allait la changer, ni renverser l'ordre des choses. Cela simplifiait simplement tout ce qu'elle avait à faire.

Elle prit le parchemin et sortit du bureau, retourna vers la cuisine qu'elle trouva vide, descendit dans la cour.

Alfrid avait avancé le cheval et Eléanor et lui étaient en train d'y harnacher les sacs et besaces. Morgane, Isaure et Marie les regardaient faire, attendant au bas des marches du grand escalier.

— Vous nous quittez déjà ?
— Oui, Madame, j'ai une longue route et je préfère voyage de jour. Je tenais d'ailleurs à vous remercier.
— Pour ?
— Pour votre hospitalité, dès le premier soir où je suis arrivée, pour tout ce que vous avez fait pour moi, pour Morgane aussi, pour ce cheval qui n'est pas le mien, pour ce que vous avez glissé dans mes sacs et que je découvrirai une fois arrivée.
— C'est la moindre des choses que je pouvais faire pour vous.
— Vous n'étiez pas obligée.

La Baronne tendit la main à la sœur, cette main qui tenait le parchemin.

— Il y a encore une chose que je pouvais faire pour ton voyage. Prends-le, si tu as le moindre problème, tu peux montrer ce parchemin, tu trouveras toujours une personne qui t'aidera.

Eléanor prit le parchemin et le rangea précieusement dans la besace qu'elle portait sur elle.

— Merci encore pour tout.

La Baronne la serra dans ses bras, avant de l'embrasser langoureusement et de lui chuchoter à l'oreille.

— Reviens le plus vite possible, tu as encore beaucoup de choses à découvrir et à apprendre.

Eléanor ne répondit pas et lorsque l'étreinte de la Baronne se relâcha, elle s'approcha d'Isaure, Marie et Morgane, embrassant chaleureusement les deux premières avant de prendre dans ses bras Morgane.

— Je reviens le plus rapidement possible, mais je ne sais pas combien de temps cela va me prendre au couvent.
— Prends tout le temps qu'il faut, ensuite nous serons de nouveau ensemble. Et je ne serai pas malheureuse ici !
— Oui, ta mère est une bonne personne qui t'apprendra tout ce que je n'ai pas pu t'apprendre.
— Tu m'as beaucoup appris et tu vas me manquer.
— Toi aussi, tu vas me manquer.

Eléanor quitta Morgane, descendit les quelques marches qui la séparaient de son cheval et avec l'aide d'Alfrid, le monta.
Un dernier regard vers celles qu'elle laissait à regret et elle fit claquer les rennes. En quelques secondes, elle avait franchi la porte du château qui se referma derrière elle.

Morgane versa quelques larmes que la Baronne essuya du revers de sa manche.

— Elle reviendra, sois-en certaine.
— Je n'en doute pas, mais je suis triste de la voir partir, comme toutes les fois où elle est partie loin de moi.

— Tu n'es plus seule désormais.

— Oui, je sais, vous êtes là. Toutes là !

Morgane eut un sourire en regardant Isaure, Marie et sa mère.

— Il ne faut pas rester comme cela. Viens, il faut que l'on arrange ta chambre comme tu le souhaites.

— Elle est parfaite.

— Il n'y a pas quelque chose que tu souhaiterais changer, modifier, ajouter, retirer ?

— Si... peut-être...

— Alors, viens me montrer.

La Baronne prit le bras de Morgane, l'entrainant vers l'intérieur. Elle fit une pause en haut des marches, se retourna vers Marie et Isaure.

— Venez avec nous, comme cela, vous saurez exactement ce qu'il faut faire.

Les quatre femmes se rendirent dans la chambre de Morgane.

— Que voulais-tu changer alors ?

— Je sais que ma demande va sans doute sembler absurde, mais...

— Rien n'est absurde, vas-y, si je peux le faire, ce sera fait !

— Et bien, j'aurais bien aimé avoir un grand miroir en face de mon lit.

— Cela ne devrait pas poser de souci, Marie ira dès demain matin trouver le verrier du village et passer ta commande, en lui précisant que, bien sûr, c'est une priorité sur ses commandes !

— Merci, mère.

— Et c'est tout ce que tu voulais changer ?

— Pour l'instant, oui, c'est tout ce que je vois.

— Dans tous les cas, s'il y a quelque chose d'autre plus tard, demande-moi, et si c'est faisable, nous nous en arrangerons.

Gerold arriva essoufflé à la porte de la chambre.

— Madame ! Désolé de vous déranger, mais…

— Mais ?

— Deux cavalières ont été annoncées et elles ne devraient pas tarder à franchir les portes du château.

— Deux ?

— Oui, Madame.

Béatrix eut un frisson.

— Margaux et Erika ?

— Je ne sais pas encore, Madame.

La Baronne congédia Gerold en lui intimant de prendre soin de ces deux arrivantes.

— Ce sera fait, Madame, soyez-en certaine.

Béatrix était aux anges. Si c'était Margaux et Erika qui revenaient, elle allait avoir toutes les personnes chères auprès d'elle, il ne manquerait plus qu'Aubin, mais elle était certaine qu'il reviendrait rapidement, surement même très rapidement si elle le lui demandait.

— Je descends voir qui est arrivé. Prenez votre temps ici, si vous le souhaitez.

— Je descends avec vous, Madame.

Béatrix et Marie étaient sorties de la chambre de Morgane qui y était restée avec Isaure.

— Tu connais Margaux et Erika ?

— Oui, Madame.

— Alors avant que je n'aille les voir, dis-moi ce que tu sais d'elles.

— Ça risque d'être long, Madame.

— J'ai un peu de temps, il me semble, alors raconte-moi ce que tu sais d'elles.

Isaure avait commencé à raconter ce qu'elle savait de Margaux et Erika, comment Béatrix les avait connues, ce qu'elle savait qu'il s'était passé entre elles, prenant soin d'éviter tous les moments dans les caves du château, ce n'était pas à elle d'en parler, elle le savait.

Après de longues minutes, Morgane jugea qu'elle en savait suffisamment sur les deux femmes pour les retrouver.

La Baronne était en train de discuter dans la cour avec deux femmes descendues de cheval, Alfrid avait accouru et tenait les rênes des chevaux, attendant qu'on lui demande de les amener aux écuries.

Béatrix n'arrêtait pas de parler, prenant des nouvelles et expliquant ce qui s'était passé depuis leurs départs.

Margaux fut quelques instants déçue et troublée, elle s'imagina perdre cette place qu'elle avait acquise depuis tant d'années, jusqu'à ce que Béatrix la rassure sur ce point.

Morgane apparut en haut des marches. Margaux détourna la tête pour la regarder et demanda alors à la Baronne.

— C'est votre fille ?
— Oui, c'est elle.
— Elle a l'air ravissante, si je puis me permettre.
— Tu peux, et elle l'est... Et je pense que tu vas vite la trouver à ton gout !
— Le peu que j'en vois me le laisse penser aussi. Vous aviez raison, Madame, je n'ai pas à m'inquiéter. Vous connaissant, il y aura toujours une place pour nous deux.

Morgane, suivi d'Isaure, descendit les quelques marches qui les séparaient des arrivantes.
Béatrix attendit que Morgane arrive près d'elle.

— Morgane, je voudrais te présenter deux personnes qui me sont très chères pour moi et dont je t'ai déjà parlé.
— Margaux et Erika ?
— Tout à fait.
— Enchantée, ma mère n'a pas tari d'éloges sur vous deux.

Margaux n'hésita pas une seconde et embrassa Morgane sur la bouche, en signe de bienvenue, mais aussi pour tester ses réactions. Morgane lui rendit son baiser encore plus chaleureusement et langoureusement que Margaux ne l'aurait espéré.

— Vous devez avoir faim et soif après votre voyage ?
— Oui, mais pour ma part, je prendrais bien un bon bain pour commencer, si cela ne vous gêne pas, Madame ?
— Et tu comptes prendre ton bain toute seule ?

— Dans un premier temps, oui, mais vous m'avez manquée, Madame. Et Marie aussi, et je ferais bien aussi connaissance avec Morgane.

— Allez, file prendre ton bain, nous t'attendrons dans la grande salle. Erika ? Un bain aussi ?

— Oui, Maîtresse, si vous n'y voyez pas d'inconvénient.

— Ne trainez pas toutes les deux, j'ai hâte, de vous revoir et de savoir tout ce qui s'est passé là-bas.

Margaux et Erika disparurent dans les escaliers.

— Isaure, Marie ! Que faites-vous encore là, vous devriez déjà être en train de remplir leurs baignoires !

Elles ne répondirent rien, de peur de se faire disputer et filèrent toutes les deux à la suite des deux femmes.

La Baronne se retrouvait seule avec Morgane.

— Viens, nous allons les attendre dans la grande salle.

— Vous n'avez pas envie de rejoindre Margaux ?

— J'en ai envie, oui, mais pour l'instant je préfère être avec toi, nous aurons maintes occasions de passer du temps ensemble.

— Comme vous voulez.

Béatrix n'y alla pas par quatre chemins, elle voulait savoir ce que Morgane pensait de Margaux, ses premières impressions, ses premiers ressentis.

— Comment trouves-tu Margaux ?

— Elle est très belle, beaucoup plus que moi, c'est sûr...

La Baronne attendit la suite pour répondre.

— Très… ouverte, sociable, désirable.
— Elle te fait envie ?
— Je ne devrais pas vous le dire… mais oui.
— Plus qu'Eléanor ou Isaure ?
— Puisque je dois être franche avec vous, disons que c'est différent. Margaux dégage quelque chose de plus, de beaucoup plus attirant qu'Eléanor et Isaure.
— Et Marie et Erika ?
— Je dois faire un classement ?
— En quelque sorte.
— Alors si c'est le cas… Je mettrai Isaure et Eléanor, ensuite Marie et Erika et pour finir Margaux.
— J'aurai presque fait le même classement si ce n'est que j'aurai mis, pour l'instant Erika au même niveau qu'Isaure et Eléanor.
— Ah ? Et pourquoi donc ?
— Une question d'éducation, que tu comprendras très rapidement, j'en suis certaine.
— Et où me situeriez-vous dans ce classement ?
— À l'heure actuelle ?
— Oui, mère.

Béatrix eut un petit moment de réflexion, mais qui ne dura pas.

— Actuellement, tu serais avec Eléanor, Isaure et Erika.
— Oh ! Pourtant je suis votre fille.
— Oui, tu es ma fille. Et pourtant tu as beaucoup à apprendre.
— Je ne demande que cela, vous le savez.

— Un jour viendra où tu n'auras plus à me poser cette stupide question, car tu sauras de toi-même ta place.

Morgane détourna le regard, se disant qu'elle avait surement beaucoup de choses à apprendre. Toutes ces choses qu'elle ne pouvait connaitre et que Margaux avait eu le temps d'apprendre depuis toutes ces années passées près de sa mère.

— Tu es là désormais. Je pensais n'avoir qu'une fille depuis des années, j'en ai désormais deux, tu n'imagines pas tout le bonheur que cela me fait, tout le savoir et les connaissances que je vais avoir à vous transmettre à toutes les deux.
— Vous en avez déjà transmis à Margaux, si je ne me trompe pas.
— Oui, et tout cela, tu vas l'apprendre, rapidement, car tu es ma chair et mon sang.

Morgane ne répondit rien, essayant d'imaginer ce que sa mère avait pu apprendre à Margaux.

— Tu veux vraiment apprendre ?
— Oui, je le veux.
— Alors, apprends déjà à ne pas me laisser mourir de soir, et ressers-moi un verre.

Morgane sourit et attrapa la jarre de vin sur la table et servit sa mère, puis le verre qui était devant elle.

— Merci.
— De rien, c'est normal.

Béatrix descendit son verre d'une seule traite.

— Il semblerait qu'il y ait un trou non ?

Toutes les deux éclatèrent de rire et Morgane resservit sa mère.

— Bon, j'espère qu'elles ne vont pas passer des heures dans leurs bains, je ne voudrais pas aller les chercher… même si…
— Même si vous aimeriez bien ?
— Oui, mais nous avons tant de choses à voir avant.
— Et lesquelles par exemple ?
— Tu es bien curieuse… J'ai besoin de savoir ce qui s'est passé chez mon Suzerain, ce qu'ont donné les réparations sur manoir, par exemple…
— Et si elles se sont faites…

Morgane n'eut pas le temps de terminer sa phrase.

— Ça, c'est un autre sujet… Mais oui, cela m'importe aussi.

Béatrix éclata de rire en répondant à Morgane.

— Je comprends la relation que vous pouvez avoir avec Margaux. Mais qu'en est-il d'Erika ? Si je ne m'abuse, elle ne fait pas partie des vôtres ?
— Ni plus ni moins que Marie ou Isaure. Erika est tout à fait digne de recevoir mon enseignement, du moins ce que je veux lui donner.
— Le même enseignement que vous donnez à Margaux ?

— Les mêmes bases, oui. Pour le reste, ce que Margaux a appris, ce que tu apprendras… tout cet enseignement est vraiment différent de ce que Marie, Isaure ou Erika peuvent ou pourront apprendre.

— Comment ça ?

— Tout dépend de la place que l'on occupe dans cette société et surtout, de quelle place on souhaite occuper.

— Tout dépend aussi de ce que tu souhaites faire.

— Comment cela ?

— Dominer ou être dominée.

La Baronne sourit à Morgane, restant quelques secondes, silencieuse, avant de lui répondre.

— Dominer ou être dominée… et où penses-tu être ?

— La question ne se pose pas.

— Ah ? Crois-tu ?

— Oui, bien sûr, je sais que je suis côté dominant.

— Et qu'est-ce qui te fait penser cela ? La nouvelle stature que tu viens d'acquérir ?

— Non, du tout, je pense que c'était surtout inscrit au fond de mes gênes.

— Donc tu penses être dominante, parce que je le lui et que, pour toi c'est héréditaire ?

— Oui, et non.

— Comment cela ?

— Et bien, oui, j'ai été prédisposée par mes gênes, mais si je n'avais pas appris toute seule à l'être, cela n'aurait servi à rien et je serais tombée plus bas que terre.

— La domination n'est en aucun cas héréditaire. Si tu ne me crois pas, je peux te compter de nombreuses histoires qui en témoignent.

150

— Je vous crois, mère, et vous fais confiance, sur ce point.

— Car tu ne me fais pas confiance sur d'autres sujets ?

— Ce n'est pas ce que je voulais dire…

Béatrix allait répondre. Marie et Isaure passèrent la porte de la cuisine et restèrent droites et stoïques, attendant les ordres de leur Maîtresse.

— Marie, penses-tu que je suis dure envers toi ?

Aucune des femmes n'avait prévu cette question.

—Je ne pense pas, Madame. Vous êtes juste et bonne. Et si parfois, je recrois des punitions, c'est que je les mérite parce que je ne sais pas répondre à vos attentes, Madame.

Marie n'avait pas réfléchi à sa réponse, elle était sortie le plus naturellement du monde.

Morgane l'avait observée, elle avait été stupéfaite en entendant sa réponse si spontanée. Elle se demanda si Isaure aurait la même réponse. Elle n'eut ni la peine ni le temps d'attendre sa réponse, sa mère était déjà partie sur d'autres conversations.

— Est-ce que tu sais tirer à l'arc ?

— Oui, j'ai appris, mais je ne suis pas une tireuse d'élite. Pourquoi cette question ?

— Il va falloir t'entrainer un peu plus alors, c'est une tradition dans la famille.

— Je le ferai.

Leur conversation fût interrompue par l'arrivée de Margaux et d'Erika, toutes les deux avaient troqué leurs tenues de voyage pour d'élégantes robes, toutes les deux assez échancrées, laissant deviner la naissance de leurs seins.

Celle de Margaux était bleu foncé, des liserés argentés en terminaient toutes les extrémités. Erika avait préféré une robe rouge, plus sobre, mais fendue sur ses deux côtés, jusqu'en haut de ses cuisses, ce qui les laissait entr'apercevoir lorsqu'elle marchait.

La Baronne se leva et attrapa Margaux par la main.

— Viens avec moi, il faut que l'on discute toutes les deux.
— Bien, Madame.
— Profitez-en pour faire plus ample connaissance, nous ne devrions pas être longues.

Elles sortirent toutes les deux de la grande salle, laissant Morgane et Erika qui furent bientôt rejointes par Marie et Isaure.

Béatrix et Margaux s'installèrent sur les fauteuils du bureau.

— Que s'est-il passé pour que ton séjour dure plus longtemps que prévu ?
— Il y a eu des dégâts au manoir, Madame. La tempête avait arraché des tuiles et l'eau s'était infiltrée, abimant des pans de mur entier.
— Et tu as pu faire réparer tout ça ?
— Oui, Madame.

— Tu as eu assez avec ce que j'avais laissé là-bas pour payer les ouvriers ?

— Je n'en ai pas eu besoin, Madame !

—Ah ?

— J'ai pris sur moi et j'ai agi comme vous l'auriez fait, Madame.

— Notre suzerain ?

— Oui, Madame. Et vous aviez raison, ce n'est vraiment pas compliqué avec lui, au contraire même, ça devient trop simple. Je l'ai vu trois fois pour les travaux et une dernière fois avant de repartir, pour lui présenter vos hommages, Madame.

— Il a dû être plus que ravi que ce soit toi et pas moi ! Je n'y serais pas allée si souvent.

Béatrix éclata de rire et Margaux ne put se retenir non plus.

— Donc tout est en ordre là-bas ?

— Oui, Madame.

— Très bien.

— Ah… ! J'allais oublier, Maîtresse.

— Oui ?

— Nous avons eu des nouvelles de Gunnveig pendant notre séjour. Sa grossesse se passe bien, et avait écrit au manoir pensant que vous y étiez. Elle est désolée de ne pouvoir venir vous voir, mais préfère rester sur la terre ferme pendant sa grossesse.

— C'est tout à fait normal. Je te remercie pour tout. Nous lui enverrons un message rapidement.

— Bien, Madame.

Elles continuèrent de parler des affaires courantes pendant quelque temps et Margaux lui posa enfin la question qu'elle avait sur le bout de la langue depuis son arrivée au château.

— Madame, puis-je me permettre une question un peu personnelle ?
— Demande toujours, je verrai si j'y réponds ou non.
— Et bien, c'est au sujet de votre fille, Madame. Morgane est-elle au courant de tout en ce qui vous concerne ?
— Elle sait beaucoup de choses, elle connait l'histoire des bagues, mais ne sait pas quel est le secret qui se cache réellement derrière. Pour l'instant, elle n'est pas encore prête, du moins c'est ce que je pense, et je compte sur toi pour m'aider à le lui faire découvrir.
— Bien, Madame. Si tel est votre désir.
— Margaux !

Béatrix avait senti une pointe de tristesse et de désespoir dans la dernière phrase de Margaux.

— Oui, Maîtresse ?
— Ce n'est pas parce que Morgane est là que tu n'as plus ta place, bien au contraire ! Je t'ai choisie, formée, pour différentes raisons, et je ne compte pas m'arrêter en si bon chemin, tu as encore beaucoup de choses à apprendre, tout comme Morgane a beaucoup à apprendre. Vous êtes toutes les deux mes filles et je veux, mais je ne peux vous l'ordonner, que vous soyez désormais comme deux sœurs.
— Merci, Maîtresse.
— Merci pour ?
— Pour ne pas me répudier et continuer à croire en moi.
— Margaux ! Il n'y a aucune raison pour que je te répudie.

— Il y en a une pourtant, Madame. Vous n'avez qu'une seule bague à transmettre, et je comprendrais parfaitement qu'elle revienne à Morgane.

— Arrête de dire des sottises. Tu me connais suffisamment pour savoir que lorsque j'en ai envie, je ne suis pas les traditions.

— Oui, Maîtresse. Mais celle-ci est la base de tout.

— Il y a pourtant une solution.

— Laquelle ?

— Nous verrons cela plus tard, mais sache que j'y ai pensé.

— Je vous fais entièrement confiance, Madame, comme je l'ai toujours fait.

— Merci, ma petite chienne.

— Merci, Maîtresse.

— Te voilà rassurée ?

— Oui, Maîtresse.

— Bien, alors viens avec moi, je voudrais te montrer quelque chose.

Béatrix se leva, Margaux fit de même et elles sortirent du bureau, descendirent les escaliers, ne s'arrêtant pas à l'étage de la grande salle, continuant vers les caves, avancèrent vers la porte secrète.

Béatrix posa sa bague sur la serrure et poussa doucement la porte.

Elles y pénétrèrent toutes les deux.

Comment Béatrix allait-elle gérer cette double éducation, comment allait-elle faire pour ne pas mettre une de ses « filles » de côté ?

Retrouverons-nous Gunnveig et Roland ? Aubin reviendra-t-il ou restera-t-il encore absent pendant des années ?

Morgane acceptera-t-elle l'éducation que sa mère veut lui donner ?

Vous aurez surement quelques réponses à ces questions et à bien d'autres dans la suite des aventures de « La Baronne – Tome 3 – Educations »

Béatrix, la Baronne, c'est elle qui a donné vie à cette série. Femme de tête qui sait ce qu'elle veut et ne se laisse dicter sa conduite que si elle y trouve un quelconque avantage. Elle sait profiter des plaisirs de la chair et ne s'en prive pas.

Gunnveig, la jarld, jouant un simple rôle d'hôtesse lors du début de la série, elle prendra une part importante par la suite.

Margaux, présentée comme une fidèle servante de la Baronne, nous apprendrons au fil des lignes que celle-ci la considère comme sa fille. Elle aura un rôle à jouer dans la suite des aventures.

Roland, le garde du corps et fidèle de Béatrix, il va voir son avenir bouleversé grâce aux idées de la Baronne.

Le suzerain, du début des aventures à la fin, il ne portera pas de prénom. Protecteur de la Baronne, celle-ci se joue de lui comme elle le veut.

Alfrid et **Gerold**, gardes particuliers de la Baronne, ils sont présents tout au long des aventures de Béatrix et font quelques apparitions au bon vouloir de la Baronne.

Marie, fidèle servante de Béatrix, au fil des lignes, elle aura un tout autre rôle.

Erika, servante de Gunnveig, celle-ci décide de suivre la Baronne et de vivre avec elle. Elle deviendra la fidèle servante de Margaux.

Clotaire, l'artisan et inventeur attitré de la Baronne. Il sait tout confectionner malgré son caractère de cochon et sa soif de l'or, il ne peut rien refuser à Béatrix.

Aubin, le vieil ami et l'ancien amant de Béatrix.

Morgane, la fille disparue de Béatrix. Elle revient après seize ans d'absence et bouleverse quelque peu l'équilibre que la Baronne avait réussi à établir autour d'elle.

Eléanor, la confidente et préceptrice de la fille de Béatrix

Thybalt, l'intendant de la Baronne. Il gère le domaine et malgré son apparence avare, sait où donner lorsqu'il le faut. **Isaure**, la servante de Morgane, offerte par la Baronne

Du même auteur :

Une soirée particulière (Vices&Délices Tome 1)

L'auberge du trou du Diable (Vices&Délices Tome 2)

Un Duel pour Valentine

Les Mille et une Nuits

Festivité d'été (La Baronne - Tome 1)

Publiés par Evidence Editions

Détachez-moi

Intemporel (Quelques gouttes dans la neige)

Voyeurisme 2019 (Un vendredi au milieu des voyeurs)

Indécence 2018 (Evolution)

Printed in Great Britain
by Amazon

71309307R00097